D. Bach

Calcul des Éclipses de Soleil par la Méthode des Projectìons

Anatiposi

D. Bach

Calcul des Éclipses de Soleil par la Méthode des Projectìons

Réimpression inchangée de l'édition originale de 1860.

1ère édition 2023 | ISBN: 978-3-38270-488-9

Anatiposi Verlag est une marque de Outlook Verlagsgesellschaft mbH.

Verlag (Éditeur): Outlook Verlag GmbH, Zeilweg 44, 60439 Frankfurt, Deutschland
Vertretungsberechtigt (Représentant autorisé): E. Roepke, Zeilweg 44, 60439 Frankfurt, Deutschland
Druck (Imprimerie): Books on Demand GmbH, In de Tarpen 42, 22848 Norderstedt, Deutschland

CALCUL

DES

ÉCLIPSES DE SOLEIL

PAR

LA MÉTHODE DES PROJECTIONS.

Par M. BACH,

CHARGÉ DU COURS DE MATHÉMATIQUES PURES ET D'ASTRONOMIE A LA FACULTÉ DES
SCIENCES DE STRASBOURG,
CHEVALIER DE LA LÉGION D'HONNEUR.

PARIS,

MALLET-BACHELIER, LIBRAIRE-ÉDITEUR

DU BUREAU DES LONGITUDES ET DE L'ÉCOLE POLYTECHNIQUE,

Quai des Augustins, 55.

1860.

Prédire les différentes circonstances que peuvent présenter les éclipses de soleil, est une des questions les plus intéressantes de l'astronomie pratique, et pour la résoudre il n'est pas nécessaire d'être astronome, il suffit de connaître les éléments de la science. J'ai cru être agréable aux personnes qui, sans faire de l'astronomie une étude spéciale, cultivent les mathématiques, en leur présentant d'une manière simple et néanmoins rigoureuse la solution de cette question.

Après un examen attentif des méthodes exposées dans les ouvrages français et dans quelques ouvrages allemands que j'ai eu l'occasion de consulter, la méthode des projections, qui a l'avantage de se prêter également bien au calcul et aux constructions graphiques, m'a semblé la mieux appropriée au but que j'avais en vue.

J'ai dû, en conséquence, chercher à en perfectionner l'exposition, et c'est avec l'espoir d'y avoir réussi, que je publie cet essai ; il n'est d'ailleurs qu'un extrait d'études plus complètes que je poursuis sur les éclipses.

J'ai tout lieu de croire qu'en peu de temps le lecteur, ayant quelques connaissances de mathématiques supérieures et de cosmographie, sera à même de calculer facilement une éclipse de soleil..Si je ne suis pas trompé dans mon attente, en ma qualité de professeur de l'université, je m'estimerai heureux d'avoir facilité à la jeunesse de nos écoles l'étude d'un problème important et curieux.

En terminant, je dois remercier mon ami, M. Glorget, professeur de mathématiques, qui a bien voulu m'aider à revoir les épreuves et les calculs, ainsi que M. Becker, conducteur des ponts et chaussées, qui s'est chargé de l'exécution des planches.

CALCUL

DES

ÉCLIPSES DE SOLEIL

PAR LA MÉTHODE DES PROJECTIONS.

I.

Notions préliminaires et méthode graphique.

1. Les éclipses de soleil se produisent quand la lune, dans ses conjonctions, vient s'interposer entre la terre et le soleil et nous cache momentanément son disque en tout ou en partie. Leur prédiction repose sur la connaissance exacte des mouvements des deux astres, mouvements qui sont indiqués dans la *Connaissance des temps*.

2. *Orbite relative de la lune.*

Le soleil et la lune ont tous deux un mouvement propre d'occident en orient, en vertu duquel ils se déplacent l'un par rapport à l'autre. Mais les apparences resteront les mêmes si, supposant le soleil fixe, on donne à la lune un mouvement en ascension droite et en déclinaison égal à la différence des mouvements des deux astres.

En vertu de ces deux mouvements la lune décrira une orbite fictive qu'on nomme son orbite *relative*, et sa position par rapport au soleil ne sera pas changée.

Les mouvements relatifs de la lune en ascension droite et en déclinaison sont fournis par la *Connaissance des temps*.pour chaque annonce d'éclipse. Ainsi, pour l'éclipse du 18 juillet 1860, on trouve, page 331 :

1

Mouvement horaire relatif en ascension droite = 34' 58",4.

     Idem   ·   en déclinaison   =   9' 35",5.

3. *Méridien de la conjonction.*

Les mouvements relatifs de la lune en ascension droite et en déclinaison varient à chaque instant. Mais on peut, sans qu'il en résulte une erreur considérable dans la pratique, les regarder comme uniformes pendant la durée de l'éclipse. La *Connaissance des temps* les donne pour l'époque de la conjonction en ascension droite, c'est-à-dire pour l'instant où la lune et le soleil se trouvent dans le même méridien, que l'on nomme *méridien de la conjonction en ascension droite* ou simplement *méridien de la conjonction.*

On suppose que le soleil reste constamment dans ce méridien, tandis que la lune se déplace en décrivant son orbite relative.

La *Connaissance des temps* fait connaître aussi l'époque de la conjonction en temps moyen de Paris, ainsi que la déclinaison du soleil et de la lune à cette époque. On trouve, page 331, pour le 28 juillet :

Heure de la conjonction en $\mathbb{R}$, $2^h\ 17^m\ 29^s$.

 · Déclinaison du soleil = $20°\ 57'\ 1''$.

    Idem   de la lune = $21°\ 31'\ 11''$.

Nous indiquons dans une note, qui est à la fin de ce travail, comment on peut, au moyen des tables du soleil et de la lune, calculer ces différentes données.

4. *Cercle de projection, projection de l'orbite relative sur le plan de ce cercle.*

Si l'on imagine, mené par le centre de la terre, un plan perpendiculaire à la ligne qui joint ce point au centre du soleil supposé fixe, ce plan déterminera sur la sphère terrestre un cercle qui sera la ligne de démarcation d'ombre et de lumière et qu'on nomme le cercle de projection.

L'orbite relative peut, dans une première approximation, être regardée, pendant la durée de l'éclipse, comme une ligne droite située dans un plan parallèle au cercle de projection et placé à une distance égale à la distance actuelle de la lune à la terre. Si, d'ailleurs, l'on prend cette distance pour unité, le rayon du cercle de projection sera exprimé par la parallaxe horizontale de la lune.

5. Considérons la figure (1), faite d'après la méthode des projections, prenons le plan du cercle de projection O pour plan horizontal, et pour plan vertical celui du méridien de la conjonction; l'intersection TT de ces deux plans sera la ligne de terre. On voit que p étant la parallaxe horizontale de la lune et OK sa distance à la terre, on aura, comme on vient de l'énoncer, $AO = p \times OK$; et prenant OK pour unité, $AO = p$, ou mieux $p \sin 1''$, si, comme nous le supposerons dans la suite, p est exprimé en secondes.

Cela posé, il est facile de placer sur la figure les pôles et l'équateur. En effet, on connaît la déclinaison du soleil à l'instant de la conjonction; on sait aussi que son centre se trouve sur la perpendiculaire OS à la ligne de terre; il suffira donc de mener EE', faisant avec OS un angle égal à la déclinaison donnée, et on aura la trace verticale de l'équateur; la perpendiculaire PP' à EE' sera la ligne des pôles et P sera le pôle boréal si la déclinaison est boréale.

6. Arrivons maintenant à tracer l'orbite relative sur le plan de projection.

Supposons que XX représente la trace verticale du plan qui contient cette orbite. Les déclinaisons de la lune et du soleil étant connues, si par le point O on mène une ligne faisant avec OS un angle égal à la différence de ces déclinaisons, cette ligne rencontrera XX en un point qui donnera la position de la lune à l'instant de la conjonction; soit L ce point, on le projettera en l, qui sera la projection d'un point de l'orbite.

7. Il est impossible d'obtenir graphiquement ce point l, à cause de l'énorme valeur de OK par rapport à AO, mais il aisé de calculer la distance Ol.

Soient, en effet, D et D' les déclinaisons du soleil et de la lune, à cause de la petitesse de l'angle, D' — D, nous pourrons écrire $Ol = (D'—D) \sin 1''$.

Il est presque inutile de faire remarquer que le point l sera au nord ou au sud de O, selon que D' sera plus grand ou plus petit que D. C'est d'ailleurs ce qu'indique le signe de la différence.

8. Nous connaissons un point de l'orbite, il s'agit d'en trouver un second; et pour cela cherchons la position de la lune une heure après la conjonction.

Soit δ son mouvement en déclinaison, elle se sera déplacée dans une heure parallèlement à la ligne de terre d'une quantité égale à $\delta \sin 1''$. Si elle parcourait l'équateur, elle serait au bout du même temps à une distance du méridien de la conjonction égale à $h \sin 1''$, mais la déclinaison de la lune étant D', la distance à ce méridien sera $h \sin 1'' \cos D'$. Ces deux quantités fournissent une nouvelle position de la lune sur son orbite relative. Et en désignant par α l'angle de cette orbite avec la ligne de terre, on a évidemment

$$\tan \alpha = \frac{h \cos D'}{\delta}.$$

Ayant déterminé α, on mènera par le point l, la droite lz faisant cet angle avec TT, et on aura la projection en vraie grandeur de l'orbite relative de la lune.

On donnera à δ le signe + ou le signe —, suivant que le mouvement en déclinaison sera boréal ou austral, ou suivant que la lune s'avancera vers le nord ou vers le sud, l'angle α sera alors aigu ou obtus; mais pour qu'il n'y ait pas d'erreur possible dans la manière de compter cet angle, on le supposera décrit par une droite d'abord couchée sur lT et tournant autour de l, en allant du nord à l'est.

9. *Exemple.*

Pour l'éclipse du 18 juillet 1860, la *Connaissance des temps* donne

$$D = 20° 57' \ 1''$$
$$D' = 21° 31' \ 11''$$
$$\text{Parallaxe h}^{le} \ C = p = \quad 59' \ 48'',8$$
$$h = \quad 34' \ 58'',4$$
$$\delta = - \quad 9' \ 35'',5.$$

Dans cet exemple, on a pour le rayon du cercle de projection

$$p \sin 1'' = (59' \ 48'',8) \sin 1'' = 3588,8. \sin 1''$$

et

$$Ol = (D'—D) \sin 1'' = (34' \ 10'') \sin 1'' = 2050. \sin 1''.$$

Reste à trouver l'angle α.

$$\tan g \, \alpha = \frac{h \cos D'}{\delta} \quad \text{et} \quad \tan g \, (180 — \alpha) = \frac{34' \ 58'',4}{9' \ 35'',5}. \cos D',$$

d'où

$$180 — \alpha = 73° 34' \ 26''$$

et

$$\alpha = 106° 25' \ 34''.$$

On fera donc dans le sens indiqué plus haut l'angle

$$T \, lz = 106° 25' \ 34''$$

(fig. 1), et l'orbite de la lune sera représentée par la droite lz.

Remarque. Dans le tracé graphique, il sera en général plus commode de prendre pour unité le rayon de la terre; alors sa distance à la lune sera représentée par

$$\frac{1}{p \sin 1''} = 57,491$$

et

$$Ol = \frac{D' — D}{p} = 0,571.$$

10. *Connaissant la position de l'orbite apparente, y marquer la position de la lune à une époque quelconque voisine de la conjonction.*

Il est évident que le chemin parcouru dans une heure sur l'orbite apparente est

$$\frac{\delta \sin 1''}{\cos \alpha}$$

en supposant le mouvement uniforme et en prenant pour unité la distance de la lune à la terre.

En prenant pour unité le rayon terrestre, ce même chemin sera

$$\frac{\delta}{p \cos \alpha},$$

ce qui dans notre exemple vaut

$$0,567.$$

D'après cela, veut-on connaître la position de la lune, à 3 heures par exemple ? on dira : depuis la conjonction qui a eu lieu à $2^h 17^m 29^s$, jusqu'à 3 heures il s'est écoulé $42^m 31^s$, et on posera la proportion :

$$\frac{1^h}{42^m 31^s} = \frac{0,567}{x},$$

d'où

$$x = 0,402.$$

Cette valeur de x sera la longueur qui devra être portée à partir de l sur la direction de l'orbite relative, pour avoir la position de la lune à 3 heures.

Et en supposant, d'ailleurs, le mouvement uniforme pendant le temps considéré, on aura facilement la position de la lune pour les heures précédentes et suivantes, et aussi pour les fractions d'heure.

11. *Trouver pour un instant donné la projection d'un point de la terre dont on connaît la longitude et la latitude.* (Fig. 2.)

La solution graphique de ce problème est fort simple. Supposons la terre représentée en projection par le cercle O. Nous pourrons, d'après ce qui a été expliqué (n° 5), y marquer la ligne des pôles PP', la trace verticale EE' de l'équateur, puis la projection verticale du parallèle répondant à une latitude donnée. Ainsi, s'il s'agit du parallèle de Paris, on prendra l'arc $EF = 48° 51'$, latitude de Paris, et on mènera FF' parallèle à EE'. On aura ainsi la projection verticale du parallèle qui se rabattra autour de FF', suivant le cercle FGF'.

Pour connaître la position de Paris sur ce parallèle à 3 heures par exemple, on cherchera, puisqu'il s'agit ici du temps moyen, l'équation du temps qui répond à cet instant, et, en la retranchant de 3 heures, on aura l'heure vraie de Paris ou sa distance au méridien de la conjonction.

On trouve dans la *Connaissance des temps* pour le 18 juillet, *Temps moyen à midi vrai*, $0^h 5^m 55^s,14$. Nous pouvons, sans qu'il en résulte une erreur appréciable dans le tracé graphique, regarder l'équation du temps comme constante pendant le temps considéré. Nous adopterons $5^m 55^s$.

A 3 heures l'angle horaire de Paris avec le méridien de la conjonction sera

$$3^h - (5^m 55^s) = 2^h 54^m 5^s,$$

et convertissant en degrés, minutes et secondes, on trouve

$$43° 31' 15''.$$

Paris est donc à $43° 31' 15''$ à l'est de ce méridien.

On prendra à partir de F l'arc $FM_1 = 43° 31' 15''$, et le point M_1 sera la position de Paris en rabattement. Pour l'avoir en projection, on abaissera $M_1 m'$ perpendiculairement sur FF'; du point m' on mènera une perpendiculaire à la ligne de terre, puis prenant $\mu m = M_1 m'$, m sera la projection du point M ou la projection de Paris à 3 heures.

On trouvera de la même manière la projection de Paris pour $2^h, 1^h$, etc., et pour les temps intermédiaires.

Ces diverses positions sont situées sur une ellipse qu'il serait facile de construire, soit par points, soit au moyen de ses axes.

Ce que nous venons de dire pour Paris, s'applique sans restriction à tout autre lieu.

12. *Reconnaître les différentes circonstances d'une éclipse pour un lieu donné.*

Au moyen des problèmes que nous venons de résoudre, nous savons trouver, pour une heure quelconque voisine de la conjonction, la projection du centre de la lune. La lune elle-même se projettera suivant un cercle qui aura pour rayon le demi-diamètre apparent de l'astre.

Ce demi-diamètre sera représenté par d' sin 1″, en désignant par d' le demi-diamètre de la lune et en prenant pour unité sa distance à la terre. Dans l'hypothèse du rayon de la terre égal à 1, le demi-diamètre du disque de la lune sera $\dfrac{d'}{p}$.

Nous savons ensuite déterminer au même instant la projection m d'un point M de la terre. Or, à cause de l'énorme distance de la terre au soleil, le rayon visuel mené d'un point quelconque de la terre au centre de l'astre sera parallèle à OS; d'où il résulte que l'observateur, placé en un point M, verra le soleil dans la direction de la droite qui projette ce point en m. (Fig. 1.)

Le soleil se projettera en perspective sur le plan mené par XX suivant un cercle qui aura pour rayon son demi-diamètre apparent, et si l'on désigne par d ce demi-diamètre, le rayon de ce cercle sera d sin 1″ ou $\dfrac{d}{p}$, suivant qu'on prendra pour unité la distance de la lune à la terre ou le rayon terrestre. Quant au centre de ce cercle, il est évident qu'il aura pour projection la projection même de l'observateur placé en M.

D'après cela, pour un instant donné et pour un lieu donné:

    1° Il n'y aura pas éclipse quand les projections des deux disques seront extérieures l'une à l'autre;

    2° Il y aura un simple contact si les disques sont tangents extérieurement;

    3° L'éclipse sera partielle s'ils sont sécants;

    4° L'éclipse sera totale ou annulaire s'ils sont intérieurs.

Dans tous les cas il y aura éclipse centrale quand les projections des centres se confondront.

13. Ces préliminaires établis, nous allons expliquer comment on peut par une construction trouver toutes les circonstances d'une éclipse pour un lieu donné.

Nous prendrons pour exemple celle du 18 juillet 1860, dont nous donnerons l'épure pour Paris et pour Strasbourg.

Épure pour Paris (fig. 3, 4).

Conjonction en ℞. 2^h 17^m 29^s, temps moyen de Paris.

Données
$$\left\{
\begin{array}{lr}
\text{Déclinaison } C \ldots \ldots \ldots \ldots = & 21° \, 31' \, 11'' \text{ B.} \\
\text{Déclinaison } \odot \ldots \ldots \ldots \ldots = & 20° \, 57' \, 1'' \text{ B.} \\
\text{Parallaxe horizontale équatoriale } C . . = & 59' \, 48'',8. \\
\text{Parallaxe horizontale } \odot \ldots \ldots = & 8'',4. \\
\text{Mouvement horaire relatif en } ℞ \ldots = & 34' \, 58'',4. \\
\text{Mouvem}^t \text{ horaire relatif en déclinaison.} = & 9' \, 35'',5. \\
\text{Demi-diamètre apparent } C \ldots \ldots = & 16' \, 20'',1. \\
\text{Demi-diamètre apparent } \odot \ldots \ldots = & 15' \, 46'',5.
\end{array}
\right.$$

14. Traçons le cercle de projection OA avec un rayon de 1 décimètre, prenons TT pour ligne de terre, et menons OP, faisant avec cette ligne un angle égal à 20° 57′ 1″, déclinaison du soleil; le pôle boréal terrestre sera en P. Pour placer l'orbite apparente de la lune sur le plan de projection, on prendra n° (9). $ol = 0^d,571$, et par le point l on mènera lz, faisant avec la ligne de terre un angle de 106° 25′ 34″. Ayant l'orbite apparente, nous allons y marquer les positions de la lune pour les différentes heures. Nous avons trouvé (n° 10) que pour avoir la position de la lune à 3 heures, il faut prendre à partir du point l, $ll_1 = 0^d,402$; on marquera alors en l_1 la division III; et sachant, même numéro, que le chemin parcouru par la lune dans une heure est $0^d,567$, on portera cette longueur à partir de III, ce qui donnera les divisions II, I, etc., répondant aux positions de la lune à ces différentes heures. On marquera ensuite les divisions de demi-heure en demi-heure, de quart d'heure en quart d'heure.

15. Pour obtenir les points où se projette Paris aux mêmes heures, on prendra l'arc PF, égal au complément de la latitude, on mènera FF′ perpendiculaire à OP; ainsi on aura la projection verticale du parallèle de Paris, qui se rabat suivant le cercle FGF′. Nous avons dit ensuite (n° 11) qu'à 3 heures, par exemple, Paris se trouvait à 43° 31′ 15″ du méridien de la conjonction. Ayant pris FM₁, égal à cet arc sur le parallèle rabattu, au point M₁ on placera la division III, et comme l'arc parcouru dans une heure vaut 15°, il sera aisé de marquer les positions II, I, etc., qui répondent à ces heures.

16. Ces points étant obtenus en rabattement, ils se trouveront en projection, comme cela a été expliqué. On les désignera par les mêmes notations II, I, etc., et on construira également ceux qui répondent aux positions intermédiaires de quart d'heure en quart d'heure.

Ces points sont les projections du centre du disque solaire aux mêmes heures, et leur lieu est une ellipse CD, qui se construira sans peine; elle est représentée en partie fig. 3.

17. Les projections du soleil et de la lune étant connues à chaque instant, on tracera deux lignes respectivement égales à $\frac{d}{p}$ et $\frac{d'}{p}$, qui représentent les rayons de leurs disques.

Dans notre exemple

$$\frac{d}{p} = \frac{15' 46''}{59' 48''} = 0^d,263$$

et

$$\frac{d'}{p} = \frac{16' 20''}{59' 48''} = 0^d,272.^*$$

Or, on sait que l'éclipse commence quand les centres des projections de la lune et du soleil se trouvent à une distance

---

*) Il serait plus exact de prendre, comme nous le ferons plus tard, *p* égal à la différence des parallaxes de la lune et du soleil, mais cela n'a pas d'importance dans la méthode graphique, non plus que les autres corrections dont il sera parlé plus tard.

égale à la somme

$$\frac{d}{p} + \frac{d'}{p} = 0^d,535.$$

Donc prenant une ouverture de compas égale à $0^d,535$, et, plaçant une des pointes sur lz, l'autre sur l'ellipse CD, on s'arrangera de manière que ces deux pointes répondent aux mêmes heures sur l'orbite et sur le parallèle. Ayant trouvé à peu près cette position, on divise, dans le voisinage, l'orbite et le parallèle de minute en minute, et on connaît de cette façon à une minute près l'heure du commencement.

On trouve que l'éclipse commence vers $1^h 54^m$; et en opérant absolument de la même façon, qu'elle finit vers $4^h 7^m$.

Quant à l'heure de la plus grande phase, elle se déterminera en cherchant par tâtonnement la ligne la plus courte qu'on peut mener entre deux divisions de l'orbite et du parallèle répondant aux mêmes heures. On trouve ainsi $3^h 4^m$.

18. Il est important de connaître les points du disque solaire où auront lieu la première et la dernière impression du disque lunaire.

Pour trouver le premier de ces points, on décrira deux circonférences, l'une avec un rayon égal à celui du disque lunaire et ayant pour centre la position de la lune à l'instant où l'éclipse commence, l'autre avec un rayon égal au rayon du disque solaire et ayant pour centre la projection de Paris au même instant. Ces deux cercles seront tangents en un point qui sera le lieu du premier contact.

On donne ordinairement la position de ce point par rapport à l'extrémité supérieure du diamètre vertical du soleil. A cet effet, on joindra le centre du cercle de projection avec le centre du disque solaire; la ligne ainsi menée déterminera le plan vertical passant par Paris et par le soleil, et sa rencontre avec la circonférence du disque fera connaître l'extrémité du diamètre vertical. Mesurant l'arc compris entre ce point et le point de contact, on trouve que la première impression du disque a lieu à 107° à l'ouest de l'extrémité supérieure du diamètre vertical.

En faisant la même construction pour la fin de l'éclipse, on voit que la dernière impression a lieu à 82° à l'est.

19. Ordinairement la grandeur de l'éclipse se mesure en doigts. Le doigt est le douzième du diamètre du disque solaire. Ayant donc divisé ce diamètre en douze parties égales, on verra combien la portion éclipsée du diamètre contient de ces parties. Il y en a 10 dans notre exemple; l'éclipse a donc 10 doigts.

20. On simplifiera les opérations que nous venons de décrire en construisant une courbe *auxiliaire,* au moyen de laquelle on connaîtra à chaque instant en grandeur et en direction la droite qui joint deux divisions répondant aux mêmes heures *sur le parallèle et sur l'orbite.*

Prenons pour pôle un point quelconque N, et menons par ce point des rayons vecteurs égaux et parallèles aux droites qui joignent dans les deux projections les divisions répondant aux mêmes heures; nous aurons de cette manière la courbe représentée fig. (4)*. Les rayons vecteurs que nous avons tracés, correspondent à des intervalles de quart d'heure en quart d'heure; et si l'on veut obtenir les divisions de minute en minute sur la courbe, on partagera en 15 parties égales l'intervalle compris entre deux points construits directement.

L'emploi de cette courbe non-seulement facilitera les constructions, mais encore permettra d'opérer sur une moindre échelle.

21. Pour trouver l'heure du commencement et de la fin de l'éclipse, on prendra une ouverture de compas égale à la somme des rayons des disques lunaire et solaire, et l'une des pointes étant invariablement placée au pôle ou point fixe N, l'autre s'arrêtera sur la courbe aux points K et K' (fig. 4), qui indiqueront l'heure cherchée.

Pour connaître l'heure de la plus grande phase, on mène

---

*) Cela revient à regarder comme fixe le point de la terre considéré, et à donner à la lune un nouveau mouvement relatif.

L'idée de construire cette courbe auxiliaire m'a été suggérée par M. Finck.

la normale à la courbe par le point N, et l'on cherche sur quelle division tombe le pied de cette normale.

On peut également au moyen de cette figure (4) trouver le nombre des doigts et la position du point qui reçoit la première impression du disque lunaire.

On prolongera la normale NI et l'on prendra

$$NG = NG' = \frac{d}{p},$$

puis

$$IH = IH' = \frac{d'}{p}.$$

HG sera la position du diamètre éclipsé par la lune. Ayant divisé GG' en 12 parties égales. HG contiendra 10 de ces parties, et l'éclipse aura 10 doigts.

Pour trouver le point où se fera la première impression du disque, nous déterminerons préalablement le point K, et ensuite nous décrirons deux cercles, l'un du point N comme centre avec le rayon $\frac{d}{p}$, l'autre du point K comme centre avec le rayon $\frac{d'}{p}$. Ces deux cercles seront tangents au point R, et l'on aura sans peine l'orientation de ce point en menant par le pôle N une parallèle NV à la ligne Oy, qui joint le centre du cercle O (fig. 3) au point de l'ellipse où l'éclipse commence. Il n'y aura plus ensuite qu'à mesurer l'angle VNR.

En opérant ainsi on aura en résumé :

Commencement de l'éclipse à Paris. . . 1ʰ54ᵐ du soir.
Plus grande phase . . . . 3 4 »
Fin de l'éclipse. . . . . 4 8 »
Grandeur de l'éclipse . . . . 10 doigts.

Première impression du disque à 107° à l'ouest de l'extrémité supérieure du diamètre vertical du soleil.

Dernière impression à 82° à l'est de la même origine.

Épure de la même éclipse pour Strasbourg (fig. 5 et 6).

22. Les données sont les mêmes que pour Paris, sauf l'heure de la conjonction et la latitude.

En effet, la longitude Strasbourg est $5°\,24'\,54''$ E, ce qui répond à une avance de 21^m40^s sur Paris.

La conjonction aura donc lieu à $2^h39^m9^s$, heure de Strasbourg.

On obtiendra la projection de la lune à 3^h, par exemple, en cherchant le chemin parcouru dans

$$3^h - (2^h39^m9^s) = 20^m51^s.$$

En appelant x ce chemin, on a

$$x = 0{,}567 \times \frac{20^m51^s}{1^h} = \frac{0{,}567 \times 1251}{3600} = 0{,}197.$$

On prendra donc $ll_1 = 0^d{,}197$, et au point l_1 on marquera la division III. Les autres divisions s'obtiendront comme dans l'épure précédente ; cela n'a pas besoin d'explication.

Connaissant la latitude de Strasbourg, $48°\,35'$, on trouvera le rabattement du parallèle FGF', et on obtiendra la division III, par exemple, sur ce parallèle, en prenant encore $FM_1 = 43°\,31'\,15''$, ainsi que cela a été expliqué. Toutes les autres se trouveront de même.

Construisant ensuite la courbe auxiliaire (fig. 6) et opérant comme il a été dit plus haut, on obtiendra les résultats suivants :

Commencement de l'éclipse de Strasbourg . . 2^h22^m

Plus grande phase 3 30

Fin de l'éclipse. . . . . • 4 33

Grandeur de l'éclipse. . . . . $9\frac{1}{2}$ doigts

Première impression du disque lunaire à $113°$ à l'ouest de l'extrémité du diamètre vertical du soleil.

II.

Méthode analytique.

23. Le procédé graphique que nous avons exposé dans le chapitre qui précède, est suffisant pour obtenir une première approximation*. Nous allons actuellement appliquer le calcul à la méthode des projections, et introduire toutes les corrections nécessaires pour obtenir des résultats aussi exacts qu'on peut les désirer dans la pratique.

24. Nous avons supposé jusqu'ici que la terre était sphérique, ce qui n'est pas exact, et la non-sphéricité de notre globe nécessite des corrections que nous allons indiquer.

Il faut se rappeler que la terre est un ellipsoïde de révolution aplati aux pôles et que l'aplatissement est égal à $\dfrac{1}{300}$.

25. *Connaissant la latitude d'un lieu ou la hauteur du pôle en ce lieu, trouver la latitude corrigée.*

On nomme latitude corrigée l'angle que fait avec l'équateur le rayon terrestre mené par le lieu que l'on considère.

Ainsi, dans la figure (7), $MAE = L$ est la latitude, $MOE = \lambda$ se nomme la latitude corrigée.

Désignons par 1 le diamètre équatorial, par e l'excentricité, et par x, y les coordonnées du point M de l'ellipse méridienne; on a

$$\tang \lambda = \frac{y}{x} \quad \text{et} \quad \tang L = \frac{y}{x\,(1 - e^2)},$$

d'où

$$\tang \lambda = (1 - e^2)\, \tang L.$$

On introduit ordinairement dans cette formule l'aplatissement. Désignons-le par a, nous aurons

$$a = 1 - \sqrt{1 - e^2} \quad \text{ou} \quad e^2 = 2\,a - a^2,$$

et, négligeant le carré de l'aplatissement, on écrit $e^2 = 2a$,

---

*) Nos épures nous donnent à peu près l'approximation d'une minute.

d'où

$$\tan \lambda = (1 - 2a) \tan L.$$

Prenant $\dfrac{1}{300}$ pour l'aplatissement, il vient

$$\tan \lambda = 0{,}99333 \tan L.$$

On trouve ainsi pour Paris

$$L = 48^\circ\, 50'\, 13'' \qquad \lambda = 48^\circ\, 38'\, 49''$$

et pour Strasbourg

$$L = 48^\circ\, 34'\, 57'' \qquad \lambda = 48^\circ\, 23'\, 32''.$$

Il n'est pas difficile de passer de la latitude corrigée à la latitude vraie.
On a en effet

$$\tan L = \frac{\tan \lambda}{1 - 2a} = \frac{\tan \lambda}{0{,}99334} = \tan \lambda \times 1{,}00670.$$

26. *Connaissant la parallaxe horizontale équatoriale d'un astre, trouver sa parallaxe pour une latitude donnée.*

La parallaxe équatoriale d'un astre est l'angle sous lequel on verrait, de cet astre supposé à l'horizon, le rayon de l'équateur. En désignant par π cette parallaxe, par 1 le demi-diamètre équatorial et par R la distance de l'astre à la terre, on a

$$\sin \pi = \frac{1}{R}$$

et, pour la valeur en secondes,

$$\pi = \frac{1}{R \sin 1''}.$$

La parallaxe relative à un point donné sera l'angle sous lequel on verra de l'astre le rayon terrestre, passant par ce point.*

---

*) Dans la figure (7), π est la parallaxe horizontale équatoriale, p la parallaxe pour une latitude L.

Or, on peut sans erreur appréciable regarder ce rayon comme perpendiculaire au plan tangent. En désignant alors par p la parallaxe horizontale pour le lieu dont la latitude corrigée est λ, et par r le rayon, on a

$$\sin p = \frac{r}{R}$$

donc

$$\sin p = r \sin \pi \quad \text{ou} \quad p = r\pi.$$

Il reste à trouver r. Or, les coordonnées du point donné sont

$$r \cos \lambda \quad \text{et} \quad r \sin \lambda,$$

et, désignant par

$$1 \text{ et } \sqrt{1-e^2}$$

les deux axes de l'ellipse méridienne, il vient

$$r^2 \left[\sin^2 \lambda + (1-e^2) \cos^2 \lambda \right] = 1-e^2 ;$$

d'où

$$r^2 = \frac{1-e^2}{1-e^2 \cos^2 \lambda}$$

et

$$r = (1-e^2)^{\frac{1}{2}} \left[1-e^2 \cos^2 \lambda \right]^{-\frac{1}{2}} = 1 - \frac{e^2}{2} \sin^2 \lambda,$$

en supprimant les puissances de l'excentricité supérieures à la seconde.

On peut actuellement remplacer e^2 par $2a$ en négligeant le carré de l'aplatissement, et il vient

$$r = 1 - a \sin^2 \lambda ;$$

donc enfin

$$p = \pi (1 - a \sin^2 \lambda).$$

Exemple. *Sachant que la parallaxe horizontale équatoriale de la lune est 59′ 48″,8, trouver cette parallaxe pour Paris.*

On calculera

$$1 - a \sin^2 \lambda,$$

λ désignant la latitude corrigée comme on l'a expliqué dans

2

le numéro précédent, et l'on aura

$$1 - a \sin^2 \lambda = 0{,}99812,$$

d'où

$$p = \pi \times 0{,}99812 = 59' \, 40''{,}8.$$

Le coefficient de la correction pour Strasbourg est, comme on le trouvera sans peine, $0{,}99814$, et, en ce lieu,

$$p = 59' \, 42''.$$

27. *Trouver, pour un instant donné peu différent de la conjonction, les coordonnées du centre de la lune, sur son orbite relative.*

Rappelons les notations déjà employées :

soient D la déclinaison du soleil, $\Big\}$ à la conjonction.
    D′ la déclinaison de la lune, $\Big\}$

    h le mouvement horaire relatif en ascension droite,

    δ le mouvement horaire relatif en déclinaison,

    t le temps écoulé depuis la conjonction.*

Les mouvements relatifs en ascension droite et en déclinaison n'étant pas uniformes, on tiendra compte des termes du second ordre et on se servira des formules

$$\text{Mouvement en } \mathbb{R} = A = h t + k t^2$$
$$\text{Mouvement en } D^{on} = D'' = \delta t + \gamma t^2.**$$

Considérons actuellement le triangle sphérique qui a pour côtés $90 - D'$, $90 - (D' + D'')$ et pour angle A; le troisième côté d de ce triangle sera le chemin décrit par la lune dans le temps t sur son orbite relative, et l'on aura

$$\cos d = \sin D' \sin (D' + D'') + \cos D' \cos (D' + D'') \cos A$$

ou

$$1 - 2 \sin^2 \tfrac{1}{2} d = \tfrac{1}{2} \Big[(\cos D'' - \cos (2 D' + D'') \Big]$$
$$+ \tfrac{1}{2} \Big[\cos D'' + \cos (2 D' + D'') \Big] \cos A,$$

---

*) t peut être positif ou négatif, selon que l'on considère une époque antérieure ou postérieure à la conjonction.

**) Voyez la note finale.

et aussi

$$1 - 2 \sin^2 \frac{1}{2} d = \cos D'' \cos^2 \frac{1}{2} A - \cos (2 D' + D'') \sin^2 \frac{1}{2} A.$$

A cause de la petitesse des arcs d, D'' et A, une réduction facile donnera

$$d^2 = D''^2 + A^2 \cos^2 \left(D' + \frac{D''}{2} \right).$$

Mais d est l'hypothénuse d'un triangle rectangle dont les deux côtés de l'angle droit sont

$$D'' \text{ et } A \cos \left(D' + \frac{D''}{2} \right).$$

Prenons alors pour axe des x la ligne de terre, et pour axe de y le diamètre perpendiculaire à cette ligne. (Fig. 1.)

Nous aurons en désignant par x et y les coordonnées de la lune

$$x = D' - D + D''$$

$$y = A \cos \left(D' + \frac{D''}{2} \right).$$

On trouve immédiatement

$$x = D' - D + \delta t + \gamma t^2.$$

Quant à la valeur de y, on lui donne la forme suivante.

Développons $\cos \left(D' + \frac{D''}{2} \right)$,

il vient

$$\cos \left(D' + \frac{D''}{2} \right) = \cos D' \cos \frac{D''}{2} - \sin D' \sin \frac{D''}{2},$$

et, vu la petitesse de D'',

$$y = A \cos D' - A \frac{D''}{2} \sin D'$$

$$= A \cos D' \left(1 - \frac{D''}{2} \tang D' \right)$$

et, par conséquent,

$$y = \cos \mathrm{D}' \left[h\,t + k\,t^2 \right] \left[1 - \tan \mathrm{D}' \frac{(\delta t + \gamma t^2)}{2} \right]$$

ou, en s'arrêtant aux termes du second ordre,

$$y = \cos \mathrm{D}' \left[h\,t + \left(k - \frac{\delta \sin h^* \tan \mathrm{D}'}{2} \right) t^2 \right].$$

Si on néglige les termes du second ordre, on a simplement

$$x = \mathrm{D}' - \mathrm{D} + \delta t$$
$$y = h\,t \cos \mathrm{D}'.$$

28. *Trouver à un instant donné les coordonnées de la projection d'un point de la terre dont on connaît la longitude et la latitude.*

Connaissant l'heure en un certain lieu, on aura l'angle du méridien de ce lieu avec celui de la conjonction, en retranchant de cette heure l'équation du temps et en multipliant la différence par 15.

Cet angle peut encore s'exprimer comme il suit : soit, pour un certain lieu, H l'heure de la conjonction en ascension droite diminuée de l'équation du temps, ou l'heure vraie de la conjonction, et *t* le temps écoulé depuis la conjonction jusqu'à l'instant considéré; il est évident que l'angle du méridien du lieu avec celui de la conjonction sera

$$15\,(\mathrm{H} + t).$$

Désignons par L la latitude de ce lieu et par π la parallaxe équatoriale de la lune; avec L on calculera la latitude corrigée λ, et ensuite, connaissant π et λ, on trouvera la parallaxe horizontale *p*, définie n° 26.

Cela posé, revenons à la fig. 2 dans laquelle le cercle O est supposé décrit avec le rayon *p*.

---

*) Sin *h* est mis pour l'homogénéité.

D étant la déclinaison du soleil, on sait que la ligne des pôles PP' fait avec la ligne de terre l'angle D.

Ayant d'ailleurs tracé le parallèle $F M_1 F'$ qui passe par le point donné, la position de ce point à l'instant considéré se trouvera en prenant l'arc $F M_1$ égal à 15 $(H + t)$.

Exprimons actuellement en fonction de ces données les coordonnées $x_1 = O\mu$ et $y_1 = \mu m$ du point M rabattu en M_1.

La même figure 2 donne

$$O\mu = O i - IK = p \sin \lambda \cos D - p \cos \lambda \cos 15 (H+t) \sin D.$$
$$m\mu = M_1 m' = p \cos \lambda \sin 15 (H + t).$$

Ces coordonnées feront connaître la projection de M, projection qui sera aussi celle du point où l'observateur, placé en M, reporterait le centre du soleil si cet astre était situé à l'infini.

Mais le soleil ayant une parallaxe de 8″ environ, il faudra, si l'on veut en tenir compte, faire une petite correction.

29. Soient (fig. 8) M la position de l'observateur, XX le plan qui contient l'orbite relative et S la position du soleil. Cet observateur qui reporte le centre du soleil en M′ quand l'astre est supposé à l'infini, le reporte actuellement en N, intersection de MS avec le plan XX.

Ce point N est projeté en n, et lorsqu'on aura à considérer la distance des centres des disques lunaire et solaire, ce n'est pas en m qu'il faudra placer le centre du soleil, mais bien en n.

Rien de plus facile d'ailleurs que de passer des premières coordonnées aux secondes. Si x_1 et y_1 désignent celles du point m, x' et y' celles du point n, nous aurons

$$x' = x_1 \frac{On}{Om}, \qquad y' = y_1 \frac{On}{Om}.$$

Appelons R la distance du soleil à la terre et z la hauteur de M au-dessus du plan de projection : la distance OK de la lune à la terre étant prise pour unité, il viendra

$$\frac{On}{Om} = \frac{NK}{MG} = \frac{SK}{SG} = \frac{R-1}{R-z},$$

donc

$$\frac{On}{Om} = \frac{1 - \dfrac{1}{R}}{1 - \dfrac{z}{R}} = \frac{1 - \dfrac{\varpi}{p}}{1 - \dfrac{z}{R}},$$

en désignant par ϖ la parallaxe du soleil;

ou, négligeant $\dfrac{z}{R}$, qui est inférieur à $\dfrac{1}{24000}$,

$$\frac{On}{Om} = 1 - \frac{\varpi}{p} = \frac{p - \varpi}{p},$$

et, par conséquent,

$$x' = \frac{p - \varpi}{p}\, x_1, \qquad y' = \frac{p - \varpi}{p}\, y_1.$$

Les valeurs de x' et de y' seront donc les mêmes que celles de x_1 et de y_1, trouvées n° 28, si ce n'est que p représentera non pas la parallaxe de la lune, mais bien la différence des parallaxes des deux astres.

30. *Trouver à un instant donné la distance angulaire des centres de la lune et du soleil.*

De la connaissance de l'heure on déduira le temps t, écoulé depuis la conjonction, et l'on aura n^{os} (27) et (28) :

Coordonnées du centre de la lune.
$$\begin{cases} x = D' - D + \delta t + \gamma t^2. \\ y = \cos D' \left[h t + \left(k - \dfrac{\delta \sin h \, \mathrm{tang}\, D'}{2} \right) t^2 \right] \end{cases}$$

Coordonnées du centre du soleil.
$$\begin{cases} x' = p \sin \lambda \cos D - p \cos \lambda \sin D \cos 15\,(H + t). \\ y' = p \cos \lambda \sin 15\,(H + t).^* \end{cases}$$

La distance S des centres des deux astres sera donnée par la formule

$$S^2 = (x - x')^2 + (y - y')^2$$

et cette valeur de S, exprimée en secondes, donnera l'angle

---

*) D et p sont relatives à l'heure considérée ; dans le calcul de $H + t$, on fera entrer l'équation du temps pour cette heure.

sous lequel on verra la distance des centres des deux astres du point m, projection du point M situé à la surface de la terre.

31. Si l'on veut connaître l'angle sous lequel cette distance sera vue du point M lui-même, il suffira de multiplier S par le rapport $\dfrac{OK}{KG}$.

Ainsi, en désignant par S′ cette nouvelle distance angulaire, nous aurons

$$S' = S . \frac{OK}{KG}.$$

Or, $OK = 1$; reste à trouver KG.

x_1 et y_1 étant les coordonnées du point m, posons

$$\text{tang } m\,0\text{A} = \frac{y_1}{x_1} = \text{tang } \varphi.$$

En désignant par β l'angle GOM, il vient (fig. 8)

$$OG = p \cos \beta \text{ et } MG = p \sin \beta = \frac{x_1}{\cos \varphi} = \frac{y_1}{\sin \varphi}.$$

De cette dernière équation l'on tirera la valeur de β, ce qui déterminera OG, et, par suite, KG, car on a

$$KG = 1 - \sin p \cos \beta,{}^*$$

donc

$$S' = \frac{S}{1 - \sin p \cos \beta} = S\,(1 + \sin p \cos \beta).$$

Il est clair que le diamètre apparent de la lune subira un accroissement correspondant; et si d' représente le demi-diamètre apparent vu du centre de la terre, le demi-diamètre de cet astre, vu du point M, sera

$$d'\,(1 + \sin p \cos \beta).$$

Remarque. Dans ce qu'on vient de dire, x_1 et y_1 sont les coordonnées du point m, projection de M; mais on peut y

---

*) On pourra si l'on veut remplacer $\sin p$ par $p \sin 1''$.

substituer les coordonnées x', y' du point n, données n° 30, la valeur de β n'en sera pas sensiblement altérée.

32. *Trouver pour un lieu donné l'heure de la plus grande phase et la grandeur de cette phase.*

On a l'équation

$$S^2 = (x-x')^2 + (y-y')^2,$$

où x, y, x', y' sont des fonctions connues du temps.

Pour la plus grande phase, la distance S est minimum et

$$\frac{dS}{dt} = 0;$$

on aura donc

$$(x-x')\left(\frac{dx}{dt} - \frac{dx'}{dt}\right) + (y-y')\left(\frac{dy}{dt} - \frac{dy'}{dt}\right) = 0.$$

Telle est l'équation d'où l'on devra tirer la valeur de t; mais cette équation est transcendante et sa résolution serait très-pénible si l'on employait les procédés ordinaires.

Nous arriverons assez simplement à notre but de la manière suivante.

L'épure fera connaître approximativement le temps t, écoulé depuis la conjonction jusqu'au moment de la plus grande phase, soit $t + \theta$ le temps exact. On pourra sans erreur appréciable regarder tous les mouvements comme uniformes pendant un temps très-court.

Au bout de ce temps $t + \theta$, les coordonnées de la lune seront

$$x + \delta\theta, \text{ et } y + h\theta \cos D',$$

et celles du soleil,

$$x' + \theta\frac{dx'}{dt}, \qquad y' + \theta\frac{dy'}{dt}.$$

Or, nous avons

$$x' = p \sin \lambda \cos D - p \cos \lambda \sin D \cos 15 (H + t)$$

$$y' = p \cos \lambda \sin 15 (H + t),$$

d'où

$$\frac{dx'}{dt} = \frac{\pi}{12} p \cos \lambda \sin D \sin 15 (H + t),$$

$$\frac{dy'}{dt} = \frac{\pi}{12} p \cos \lambda \cos 15 (H + t).$$

Dans ces dernières formules π exprime le rapport de la circonférence au diamètre. $\frac{\pi}{12}$ est introduit par la différentiation de sin 15 (H + t) et de cos 15 (H + t).

En supposant les mouvements uniformes pendant un temps très-court, on a, au bout du temps $t + \theta$,

$$S^2 = \left[(x-x') + \theta\left(\delta - \frac{dx'}{dt}\right)\right]^2 + \left[(y-y') + \theta\left(h\cos D' - \frac{dy'}{dt}\right)\right]^2,$$

et le minimum de S sera donné par l'équation

$$\left[x-x'+\theta\left(\delta - \frac{dx'}{dt}\right)\right]\left(\delta - \frac{dx'}{dt}\right) + \left[(y-y')+\theta\left(h\cos D' - \frac{dy'}{dt}\right)\right]\left(h\cos D' - \frac{dy'}{dt}\right) = 0.$$

Posons, pour abréger,

$$\frac{h \cos D' - \dfrac{dy'}{dt}}{\delta - \dfrac{dx'}{dt}} = \tang \alpha,$$

il vient

$$x-x'+\theta\left(\delta - \frac{dx'}{dt}\right) + \left[y-y'+\theta\tang\alpha\left(\delta - \frac{dx'}{dt}\right)\right]\tang\alpha = 0,$$

d'où

$$\theta = - \frac{x-x'+(y-y')\tang\alpha}{\left(\delta - \dfrac{dx'}{dt}\right)[1+\tang^2\alpha]} = - \frac{x-x'+(y-y')\tang\alpha}{\delta - \dfrac{dx'}{dt}}\cos^2\alpha.$$

Cette valeur de θ donnera la correction. On aura ainsi l'heure de la plus grande phase avec une exactitude suffisante.

33. *Trouver la plus courte distance des centres et le nombre des doigts.*

Pour trouver la plus courte distance des centres, on substituera, dans S, à θ sa valeur, et on trouvera sans peine

$$S = \pm \frac{y-y'-(x-x')\tan\alpha}{\sqrt{1+\tan^2\alpha}} = \pm [(y-y')\cos\alpha - (x-x')\sin\alpha]$$

on prendra la valeur de S positive.

Cette distance est celle qui serait vue de la projection de l'observateur. Pour connaître l'angle sous lequel on l'apercevra de la surface de la terre, il faudra multiplier S par $1 + \sin p \cos \beta$ n° (31), et on aura

$$S' = S (1 + \sin p \cos \beta).$$

La partie du diamètre cachée par la lune sera

$$d + d' - S,$$

en se rappelant que d et d' représentent les demi-diamètres apparents des deux astres; et le nombre des doigts sera

$$6 \frac{(d + d' - S)}{d} = 6 + 6. \frac{d' - S}{d}.$$

L'éclipse étant vue non de la projection, mais du point qui est à la surface de la terre, S et d' doivent être multipliés par $1 + \sin p \cos \beta$. On aura donc pour la portion éclipsée du diamètre

$$d + (d' - S) (1 + \sin p \cos \beta)$$

et pour le nombre des doigts

$$6 + 6. \frac{d' - S}{d} (1 + \sin p \cos \beta).$$

34. Exemple.

*Calculer l'heure de la plus grande phase pour Strasbourg.**

---

*) Nous adopterons pour base de nos calculs les nombres donnés dans la note finale et qui sont conformes à ceux du *Nautical Almanac*. Quelques-uns d'entre eux diffèrent légèrement de ceux de la *Connaissance des temps* dont nous avons fait usage dans la première partie; mais la différence est assez insignifiante dans la pratique.

Nous partirons de la valeur approchée $3^h\ 30^m$, fournie par le procédé graphique (n° 22).

- Prenons pour l'heure de la conjonction

$$2^h\ 17^m\ 28^s,$$

temps moyen de Paris.

En temps de Strasbourg, cette heure sera

$$2^h\ 17^m\ 28^s + 21^m\ 40^s = 2^h\ 39^m\ 8^s.$$

Pour calculer les coordonnées x, y de la lune sur son orbite relative, à $3^h\ 30^m$, cherchons d'abord le temps t écoulé depuis la conjonction

$$t = 3^h\ 30^m - 2^h\ 39^m\ 8^s = 50^m\ 52^s = 0^h,84778.$$

Cela posé, les formules du n° 27 donnent :

$$x = D' - D + \delta t + \gamma t^2$$

$$y = \left[h t + \left(k - \frac{\delta \sin h\ \tang D'}{2} \right) t^2 \right] \cos D',$$

on a d'ailleurs

$$D' = 21°\ 31'\ 11'',6,$$
$$D = 20°\ 57'\ 0'',5,$$
$$D' - D = 34'\ 11'',1 = 2051'',1$$
$$\delta = -575'',5, \qquad \gamma = -4'',5.$$

D'après cela, il vient

$$x = 2051'',1 - 575'',5\ t - 4'',5\ t^2,$$

et, mettant pour t sa valeur,

$$x = 1560'',0.$$

Pour trouver y, on prendra

$$h = 2098'',6 \text{ et } k = -1'',8.$$

On calculera

$$\frac{\delta \sin h\ \tang D'}{2} = -1'',15,$$

et il viendra
$$y = [2098'',6.\ t - 0'',65\,t^2]\cos D';$$

d'où, remplaçant t et cos D' par leurs valeurs,
$$y = 1654'',7.$$

35. Cherchons actuellement les coordonnées x' et y' du soleil, pour $3^h\ 30^m$.

Les formules du n° 30 sont :
$$x' = p\sin\lambda\cos D - p\cos\lambda\sin D\cos 15\,(H + t)$$
$$y' = p\cos\lambda\sin 15\,(H + t),$$

dans lesquelles on prendra pour D la déclinaison à $3^h\ 30^m$, en tenant compte de sa variation depuis la conjonction.

On a ainsi
$$D = 20°\ 56'\ 37'',8;$$

p est la parallaxe lunaire à $3^h\ 30^m$, calculée pour la latitude de Strasbourg et diminuée de la parallaxe du soleil.

La parallaxe équatoriale à $3^h\ 30^m$ est
$$59'\ 49'',8 = 3589'',8.$$

On a pour la latitude corrigée de Strasbourg
$$\lambda = 48°\ 23'\ 32'',$$

et pour le coefficient de correction à cette latitude
$$0,99814.$$

La parallaxe corrigée sera donc
$$3583'',1.$$

Retranchant la parallaxe du soleil, on a
$$p = 3574'',7.$$

Pour former l'angle horaire $15\,(H + t)$, on soustraira de $3^h\ 30^m$ l'équation du temps, qui, pour cette heure, est $5^m\ 55^s,7$,
$$3^h\ 30^m - (5^m\ 55^s,7) = 3^h\ 24^m\ 4^s,3$$

et
$$15\,(H + t) = 51°\ 1'\ 4'',5.$$

Telles sont les valeurs de D, p, λ et 15 (H + t), dont nous nous servirons pour le calcul des coordonnées x' et y' *, et l'on trouvera, en effectuant les opérations indiquées,

$$x' = 1962'',5 \quad y' = 1845'',2.$$

On a aussi

$$\frac{dx'}{dt} = \frac{\pi}{12} p \cos \lambda \sin D \sin 15 (H + t) = 172'',7$$

$$\frac{dy'}{dt} = \frac{\pi}{12} p \cos \lambda \cos 15 (H + t) = 390'',9$$

$$h \cos D' - \frac{dy'}{dt} = 1561'',3$$

$$\delta - \frac{dx'}{dt} = - 748'',2.$$

On posera ensuite

$$\tan g\ \alpha = \frac{h \cos D' - \dfrac{dy'}{dt}}{\delta - \dfrac{dx'}{dt}} = - \frac{1561'',3}{748'',2},$$

d'où

$$180 - \alpha = 64° 23' 51''.$$

---

*) Pour trouver D à $3^h\ 30^m$, on multiplie le changement de déclinaison en une heure ou $26'',8$ (voyez la note de la fin) par $0^h,8478$; on trouve $22'',7$. Retranchant $22'',7$ de $20° 57' 0'',5$, déclinaison du soleil à la conjonction, il vient

$$D = 20° 56' 37'',8.$$

La parallaxe horizontale équatoriale à $3^h\ 30^m$ se calcule en multipliant $1'',2$, variation horaire de la parallaxe, par $0,8478$. On trouve ainsi

$$59' 48'',8 + 1'',0 = 59' 49'',8.$$

On a l'équation du temps à $3^h\ 30^m$, en cherchant d'abord l'heure de Paris; elle est $3^h\ 8^m\ 20^s$. L'équation du temps varie en 24^h de $4^s,27$, et dans $3^h\ 8^m$ de $0^s,53$. Ajoutant $0^s,53$ à $5^m\ 55^s,14$, il vient pour le nombre cherché $5^m\ 55^s,7$.

Le diamètre apparent de la lune se corrigera comme la parallaxe.

Ces éléments se calculeront toujours de la même manière, et nous écrirons désormais leurs valeurs sans autres détails.

Formons actuellement

$$x - x' = -402'',5,$$
$$y - y' = -190'',5,$$

et nous aurons sans peine la correction θ, qui est donnée par la formule

$$\theta = -\frac{x - x' + (y - y') \tang \alpha}{\delta - \dfrac{dx'}{dt}} \cos^2 \alpha,$$

ou

$$\theta = -\frac{-402,7 + 397,6}{-748,5} \times \cos^2 (64° 23' 51'').$$

Achevant les calculs et réduisant en secondes, il vient

$$\theta = -4'',4.$$

Ainsi la plus grande phase a lieu à $3^h 29^m 56^s$.

36. *Trouver la plus courte distance des centres et le nombre des doigts.*

La distance des centres vue de la projection est

$$S = \pm [(y - y') \cos \alpha - (x - x') \sin \alpha] = 445'',3 = 7' 25'',3.$$

Rappelons-nous que le demi-diamètre apparent du soleil est

$$946'',5.$$

Celui de la lune, calculé pour l'instant considéré, est $980'',4$. On a alors

$$d' - S = 535'',1,$$

et le nombre des doigts sera égal à

$$6 + \frac{535,1}{946,5} \times 6 = 6 + 3,4 = 9^d,4.$$

Si l'on veut avoir la distance réelle, il faut faire une correction.

On calcule pour cela l'angle φ par la relation

$$\tang \varphi = \frac{y'}{x'} = \frac{1845,2}{1962,5},$$

d'où
$$\varphi = 43^0\ 15'.$$
Posant ensuite
$$\sin \beta = \frac{x'}{p\ \cos\ \varphi},$$
d'où
$$\beta = 48^0\ 54',$$

on aura pour le coefficient de la correction

$$1 + \sin p \cos \beta = 1,01139,$$

et la distance des centres deviendra

$$450'',3 = 7'\ 30'',3;*$$

le nombre des doigts restera ce qu'il était.

37. *Trouver pour un lieu donné, l'heure du commencement et celle de la fin de l'éclipse, et assigner la position du point où a lieu la première impression du disque lunaire.*

En construisant l'épure, on trouvera l'heure approchée, et on en déduira le temps t, compté à partir de la conjonction, t pouvant être positif ou négatif, suivant que l'heure dont il s'agit est postérieure ou antérieure à celle de la conjonction.

D'après cela, on calculera les coordonnées (x, y) de la lune et les coordonnées $(x'\ y')$ du soleil. Connaissant x', y', on évaluera sans peine l'angle β, défini plus haut.

Soit maintenant θ la correction à faire pour avoir l'heure exacte.

La formule qui donne la distance des centres est (n° 32)

$$S = \sqrt{\left[x - x' + \theta\left(\delta - \frac{dx'}{dt}\right)\right]^2 + \left[y - y' + \theta\left(h \cos D' - \frac{dy'}{dt}\right)\right]^2}$$

Cette distance, vue du point d'observation, est

$$S\ (1 + \sin p \cos \beta),$$

---

*) Nous supposons ici, comme nous le ferons dans tous les cas analogues, que la variation de $\sin p \cos \beta$ est insensible pendant une minute, ce qu'on vérifiera sans peine au moyen des formules différentielles.

et, à l'instant où l'éclipse commence, on doit avoir

$$d + d' (1 + \sin p \cos \beta) = S (1 + \sin p \cos \beta),$$

ou

$$S = d' + d (1 - \sin p \cos \beta),$$

ce qui fournit l'équation

$$\left[x - x' + \theta\left(\delta - \frac{dx'}{dt}\right)\right]^2 + \left[y - y' + \theta\left(h \cos D' - \frac{dy'}{dt}\right)\right]^2 = \left[d' + d(1 - \sin p \cos \beta)\right]^2.$$

Cette équation du second degré en θ a deux racines dont il est aisé de comprendre la signification ; mais une de ces racines sera très-petite ; c'est la seule qu'il sera nécessaire de calculer pour avoir l'heure du commencement.

On aura une équation analogue relative à la fin du phéno-mène, mais il est bien entendu qu'alors (x, y), (x', y') ne sont pas les mêmes que dans le cas précédent ; ces coordonnées se rapportent à l'heure de la fin, trouvée également d'une ma-nière approximative par le procédé graphique.

La résolution de cette équation du second degré en θ exige d'assez longs calculs. Ce qu'il y aura de mieux à faire, sera d'employer la méthode de fausse position, comme nous allons le montrer un peu plus bas.

38. On détermine le point qui est le premier impressionné par le disque lunaire, en donnant la distance angulaire de ce point à l'extrémité supérieure du diamètre vertical du soleil. Cet angle, comme nous l'avons vu dans la première partie, est celui que fait la ligne qui joint les centres des disques avec celle qui est menée du centre de la terre à la projection du soleil.

Soit ψ le premier de ces angles et φ le second, on aura (fig. 3)

$$\tan \psi = \frac{y - y'}{x - x'} \qquad \tan \varphi = \frac{y'}{x'}.$$

Appelant V l'arc compris entre l'extrémité supérieure du diamètre vertical du soleil et le point où a lieu, du côté de l'oc-cident, la première impression du disque lunaire, on aura

$$V = \varphi + 180 - \psi.$$

De même, en désignant par U l'arc compris entre l'extrémité du diamètre vertical du soleil et le point où a lieu, du côté de l'orient, la dernière impression du disque, on trouvera sans peine

$$U = \psi - \varphi.$$

39. *Exemple.*

Commencement de l'éclipse à Strasbourg.

L'épure a donné $2^h 22^m$ environ.

L'heure de la conjonction est $2^h 39^m 8^s$.

De $2^h 39^m 8^s$ retranchons $2^h 22^m$, et il vient

$$t = -17^m 8^s = -0^h,28556.$$

t est négatif, car l'instant considéré est antérieur à la conjonction.

On calculera x et y au moyen des formules du n° 27, en tenant compte des termes du second ordre, et il viendra

$$x = 2215'',0$$
$$y = -557'',5.$$

40. Pour trouver x' et y', on se servira des formules du n° 30, dans lesquelles D, p et H $+ t$ sont relatives à $2^h 22^m$.

$$D = 20° 57' 8'',$$
$$p = 3573'',3,$$
$$H + t = 2^h 16^m 4^s,5,$$
$$15 (H + t) = 34° 1' 7'',5.$$

Au moyen de ces données on arrivera aux valeurs suivantes,

$$x' = 1791'',9$$
$$y' = 1327'',5.$$

L'expression de la distance des centres est

$$S = \sqrt{(x-x')^2 + (y-y')^2} = \frac{x-x'}{\cos\psi},$$

on a

$$x - x' = 423'',1,$$
$$y - y' = -1885'',0,$$

d'où

$$\text{tang } \psi = \frac{y-y'}{x-x'} = -\frac{1885,0}{423,1},$$

et

$$180 - \psi = 77° 20' 57''.$$

Il vient alors.

$$S = 1931'',9.$$

Calculons aussi

$$d' + d \; (1 - \sin p \cos \beta)$$
$$d = 946'',5 \qquad d' = 980'',2,$$

d' est ici le demi-diamètre apparent de la lune à $2^h \; 22^m$.

Pour déterminer β, on pose d'abord

$$\text{tang } \varphi = \frac{y'}{x'} = \frac{1327,5}{1791,9},$$

d'où

$$\varphi = 36° 31' 50''.$$

L'égalité

$$\sin \beta = \frac{x'}{p \cos \varphi}$$

donne

$$\beta = 38° 36' 50'',$$

et on en déduit

$$1 - \sin p \cos \beta = 0,98646,$$

puis

$$d' + d \; (1 - \sin p \cos \beta) = 1913'',9.$$

Si l'on compare cette valeur avec celle de S, on voit que l'éclipse n'a pas encore commencé ; la différence des deux résultats est $18'',0$.

41. Pour employer la méthode de fausse position dont il a été parlé n° 37, cherchons les valeurs de x, y, x', y' relatives à $2^h \; 23^m$.

On les obtiendra facilement au moyen des formules différentielles.

En désignant par dx et dy les corrections à faire sur x et y, il viendra, en vertu des formules du n° 27,

$$dx = (\delta + 2 \gamma t) \, dt$$
$$dy = [h + (2 k - \delta \sin h \tan D') \, t] \cos D' \, dt.$$

D'ailleurs

$$dt = \frac{1^h}{60} = 0^h,01667....$$

et par suite

$$dx = - 9'',6 \qquad dy = 32'',5.$$

Les nouvelles coordonnées du centre de la lune seront donc

$$x = 2205'',4 \qquad y = - 525'',0.$$

42. Les valeurs de x' et de y' s'obtiendront également par des formules différentielles.

On a, en effet,

$$dx' = p \, \frac{\pi}{12} \sin 15 \, (\mathrm{H} + t) \cos \lambda \sin \mathrm{D} \, dt = 2'',1$$

$$dy' = p \, \frac{\pi}{12} \cos 15 \, (\mathrm{H} + t) \cos \lambda \, dt = 8'',6,$$

et, pour les nouvelles valeurs de x' et y',

$$x' = 1794'',0 \qquad y' = 1336'',1.$$

Formons ensuite

$$x - x' = 411'',4 \qquad y - y' = - 1861'',1$$

et

$$180 - \psi = 77° \, 32' \, 6''.$$

Calculant S au moyen de ces données, on trouve

$$S = 1906'',0.$$

Cette valeur, rapprochée de 1913'',9, montre que l'éclipse a déjà commencé à $2^h \, 23^m$.

Pour avoir l'heure de ce commencement, on prendra la différence des deux valeurs de S; elle est

$$1931'',9 - 1906'',0 = 25'',9,$$

et divisant la différence précédente 18,0 par 25,9, on trouvera 42^s; donc l'éclipse commence à Strasbourg à

$$2^h \, 22^m \, 42^s.$$

43.   *Fin de l'éclipse à Strasbourg.*

La construction a donné 4^h 33^m.

On a, pour le temps écoulé depuis la conjonction,

$$t = 4^h\ 33^m - 2^h\ 39^m\ 8^s = 1^h\ 53^m\ 52^s = 1^h,89778.$$

On calculera x et y avec les formules du n° 27, ce qui donne

$$x = 942'',7$$
$$y = 3702'',9.$$

44. Pour trouver x' et y', on cherchera d'abord les valeurs de D, p et $(H + t)$, qui répondent à 4^h 33^m.

Elles sont

$$D = 20°\ 56'\ 9'',7,$$
$$p = 3576'',0,$$
$$H + t = 4^h\ 28^m\ 4^s,2$$
$$15\ (H + t) = 66°\ 46'\ 3''.$$

Au moyen de ces données on aura, en appliquant les formules du n° 30,

$$x' = 2162'',6$$
$$y' = 2182'',0,$$

puis

$$x - x' = -1219'',9 \qquad y - y' = 1520'',9.$$

On obtiendra l'angle ψ par la formule

$$\tan (180 - \psi) = \frac{1520,9}{1219,9},$$

d'où

$$180 - \psi = 51°\ 16'\ 2'',$$

et

$$S = 1949,''7.$$

Calculons aussi

$$d' + d\ (1 - \sin p \cos \beta).$$
$$d = 946''5,$$

et à 4^h 33^m

$$d' = 980'',7.$$

On déterminera β, en posant

$$\tan \varphi = \frac{y'}{x'} = \frac{2182,0}{2162,6},$$

d'où
$$\varphi = 45° 15' 20'';$$

et l'égalité
$$\sin \beta = \frac{x'}{\cos \varphi}$$

donne
$$\beta = 59° 12' 50''.$$

Il vient ensuite
$$1 - \sin p \cos \beta = 0,99113$$

et
$$d' + d (1 - \sin p \cos \beta) = 1918'',8.$$

Comparant cette dernière valeur avec celle de S, on trouve que l'éclipse est déjà finie.

La différence des résultats est 30'',9.

45. Cherchons maintenant les coordonnées x, y, x', y' et la distance des centres pour $4^h 32^m$.

Nous opérerons comme on l'a expliqué n°s 41 et 42, et nous trouverons

$$x = 952'',6 \qquad y = 3670'',4$$
$$x' = 2159'',2 \qquad . \quad y' = 2177'',8.$$

De là une nouvelle valeur de S,

$$S = 1919,''3.$$

Cette valeur montre que l'éclipse est déjà finie à $4^h 32^m$.

De 1949'',7 retranchons 1919'',3, il reste 30'',4; et divisant 30,9 par 30,4, nous avons $1^m 1^s$.

Donc l'éclipse finit à

$$4^h 33^m - 1^m 1^s = 4^h 31^m 59^s.$$

46. Pour trouver la *première impression du disque*, on formera avec les valeurs de φ et de ψ relatives au commencement,

$$V = 180 - \psi - \varphi = 77° 20' + 36° 31' = 113° 51'.$$

Pour la *dernière*, on formera avec les valeurs de φ et de ψ relatives à la fin,

$$U = \psi - \varphi = 118° 44' - 45° 15' = 73° 29'.$$

47. *Résumé.*

Commencement de l'éclipse à Strasbourg . . $2^h 22^m 42^s$
Plus grande phase . . . . $3^h 29^m 56^s$
Fin de l'éclipse . . . . $4^h 31^m 59^s$
Plus courte distance des centres . . . . $7' 30'',3$
Nombre des doigts . . . . $9,4.$

La première impression du disque lunaire aura lieu à $114°$ à l'occident de l'extrémité supérieure du diamètre vertical du soleil, et la dernière à $73°$ à l'orient de cette même extrémité *.

48. *Éclipse totale ou annulaire.*

Tout ce que nous avons dit jusqu'ici est applicable. Ayant trouvé la plus grande phase, n° 32, on reconnaît que l'éclipse est totale quand

$$S (1 + \sin p \cos \beta) < d' (1 + \sin p \cos \beta) - d$$

ou

$$S < d' - d (1 - \sin p \cos \beta).$$

Si ce second membre était négatif, l'éclipse serait annulaire; mais cela n'aura pas lieu pour le cas que nous avons étudié, car $d' > d$, et à plus forte raison

$$d' > d (1 - \sin p \cos \beta).$$

Reste à déterminer l'heure à laquelle commence et finit

---

*) Nous ne rapportons pas ici les calculs de l'éclipse pour Paris, ils sont absolument les mêmes que ceux qui ont été indiqués avec détail pour Strasbourg.

Bien que nous ne reproduisions pas ces calculs dans notre travail, nous les avons faits néanmoins, afin de vérifier nos formules, et les résultats obtenus ont été conformes à ceux de la *Connaissance des temps*, sauf une différence de quelques secondes pour la fin de l'éclipse.

Voici du reste ces résultats :

Commencement de l'éclipse à Paris . . . . $1^h 54^m 0^s$ du soir.
Plus grande phase . . . . $3^h 4^m 0^s$ »
Fin de l'éclipse . . . . $4^h 8^m 7^s$ »
Plus courte distance des centres . . . . $5' 36''$
Nombre des doigts . . . . $10^d,1.$

La première impression du disque lunaire a lieu à l'occident à $107°$ de l'extrémité supérieure du diamètre vertical du soleil.

l'éclipse totale, c'est-à-dire à laquelle commence et finit l'immersion complète. Pour cela, ayant calculé pour la plus grande phase x, y, x', y' et les quantités qui en dépendent, on regardera les mouvements comme uniformes pendant la durée toujours très-courte de l'éclipse totale, et l'on posera l'équation

$$\left[x-x'+\theta\left(\delta-\frac{dx'}{dt}\right)\right]^2+\left[y-y'+\theta\left(h\cos D'-\frac{dy'}{dt}\right)\right]^2=\left[d'-d(1-\sin p\cos\beta)\right]^2.$$

Cette équation du second degré en θ a deux racines, l'une négative, l'autre positive, et si on les ajoute à l'heure de la plus grande phase en ayant égard à leurs signes, on aura l'heure du commencement et de la fin de l'éclipse totale.

49.   *Exemple d'un calcul d'éclipse totale.*

Localité. Iviça (le château). Iles Baléares.

Données ⎰ Longitude en temps, 3^m 35^s à l'ouest de Paris.
⎨ Heure de la conjonction, 2^h 13^m 53^s.
⎱ Latitude, $38°$ $54'$ $31''$ B.

Heure approchée de la plus grande phase, 3^h 18^m temps local.*

$$t = 3^h\ 18^m - (2^h\ 13^m\ 53^s) = 1^h,068611.$$

Valeurs de x et y, données par les formules du n° 27

$$x = 1431'',0, \qquad y = 2085'',5.$$

Détermination de x' et de y'.

Éléments du calcul :

latitude corrigée,
$$D = 20°\ 56'\ 32'',$$
$$\lambda = 38°\ 43'\ 7'',$$

Coefficient de correction pour la parallaxe, 0,998696,

$$p = 3576'',9,$$
$$H + t = 3^h\ 12^m\ 4^s,2,$$
$$15\,(H + t) = 48°\ 1'\ 3''.$$

---

*) L'épure n'a pas été reproduite pour cet exemple. Le lecteur pourra facilement combler cette lacune.

Valeurs de x' et de y' données par les formules du n° 30.

$$x' = 1422'',3, \qquad y' = 2074'',5.$$

$$x - x' = 8'',7, \qquad y - y' = 11'',0.$$

$$\frac{dx'}{dt} = 194'',1, \qquad \frac{dy'}{dt} = 488'',7.$$

$$\text{tang}\,(180 - \alpha) = \frac{1463,6}{769,6}, \quad (180 - \alpha) = 62° \; 15' \; 48''.$$

Valeur de θ, n° 32

$$\theta = -12^s.$$

Heure de la plus grande phase.

$$3^h \; 18^m - 12^s = 3^h \; 17^m \; 48^s.$$

Distance des centres vue de la projection, n° 33.

$$S = 12'',8.$$

Correction de la distance :

$$\varphi = 55° \; 33' \; 50'',$$
$$\beta = 44° \; 40' \; 40''.$$
$$1 + \sin p \cos \beta = 1,01233,$$
$$1 - \sin p \cos \beta = 0,98767.$$

Distance apparente

$$S' = 12''8 \times 1,01233 = 13'',3.$$

L'éclipse est totale.

Heure du commencement et de la fin de l'éclipse totale.

On forme l'équation

$$\left[x - x' + \theta\left(\delta - \frac{dx'}{dt}\right)\right]^2 + \left[y - y' + \theta\left(h\cos D' - \frac{dy'}{dt}\right)\right]^2 = \left[d' - d(1 - \sin p \cos \beta)\right]^2$$

$$d' = 980'',5, \quad d\,(1 - \sin p \cos \beta) = 934'',8.$$

L'équation en θ devient après simplification

$$\theta^2 + 0,0068783\,\theta - 0,0006919 = 0.$$

Les racines de cette équation, réduites en minutes et en secondes, sont

$$\theta' = -(1^m \; 48^s), \quad \theta'' = 1^m \; 23^s.$$

En résumé :

Commencement de l'éclipse totale . . . . . . 3^h 16^m 12^s
Plus grande phase. . . . . 3^h 17^m 48^s
Fin de l'éclipse totale. . . . . 3^h 19^m 23^s
Durée de l'éclipse totale . . . . 0^h 3^m 11^s

Remarque. Il est à observer que la réfraction atmosphérique n'a jamais figuré parmi les corrections assez nombreuses que nous avons indiquées. Il n'y a pas en effet à en tenir compte ; r les deux astres occupant à l'époque de l'éclipse la même tion dans le ciel, ils y sont également relevés par la ré tion.

III.

Calcul de l'éclipse générale.

50. La aissance d donne le commencement et la fin de l' se gé , le co encement et la fin de l'éclipse centr tion géograph e des lieux qui voient ces divers phé es et de ceux qui v t l'éclipse centrale midi vrai lons indiquer le moye e trouver ces dif- nstan s.

Cela n'offre aucu difficulté, et nou ons déjà toutes les données nécessaires.

Supposons (fig. 9), qu'on a le cercle de projection dont le rayon est égal à p, différence des parallaxes de la lune et du soleil ; appelons, comme plus haut, d le demi-diamètre apparent du soleil, d' le demi-diamètre de la lune, et décrivons un cercle du point O comme centre avec le rayon $p + d + d'$; si ce cercle rencontre l'orbite apparente, il y aura éclipse.

Soient D et E ces points de rencontre, C l'intersection de OD avec le cercle de projection. Il est évident que le point C sera le point de la terre qui verra le premier l'éclipse ; il y aura, à l'instant où la lune arrive en D, contact avec le soleil, et ce contact aura lieu au lever de l'astre à l'extrémité occidentale du diamètre vertical.

Pour la même raison, le point G sera le dernier pour lequel il y aura éclipse.

On verra de ce point un contact au coucher, et il aura lieu à l'extrémité orientale du diamètre vertical du disque solaire.

51. *Trouver l'heure du commencement et de la fin de l'éclipse générale.*

Nous avons calculé (n° 8) l'angle $T.lE = \alpha$. Nous savons que $Ol = D' - D$, $OC = p$; menons OI perpendiculaire sur DE, on aura

$$OI = (D' - D) \sin \alpha$$

et pour la condition de possibilité,

$$(D' - D) \sin \alpha < p + d + d'.^*$$

Supposons la remplie. En désignant par φ l'angle ODl, il vient

$$\sin \varphi = \frac{OI}{OD} = \frac{(D' - D) \sin \alpha}{p + d + d'}$$

et

$$DOl = 180 - \alpha - \varphi.$$

On trouvera ensuite Dl par la proportion

$$\frac{Dl}{OD} = \frac{\sin (\alpha + \varphi)}{\sin \alpha},$$

d'où

$$Dl = \frac{(p + d + d') \sin (\alpha + \varphi)}{\sin \alpha}.$$

Divisant Dl par $\dfrac{\delta}{\cos \alpha}$, chemin parcouru par la lune dans une heure, on aura le temps écoulé depuis le commencement

---

*) La règle pratique pour reconnaître, sans aucun calcul, s'il y a éclipse à une conjonction, est la suivante :

Si la distance du soleil au nœud est $\begin{cases} \text{plus petite que } 13° 33' \\ \text{plus grande que } 19° 44' \end{cases}$ l'éclipse est $\begin{cases} \text{sûre.} \\ \text{impossible.} \end{cases}$

de l'éclipse jusqu'à la conjonction. Il sera donné par la formule

$$t = \frac{(p \dot{-} d + d') \sin (\alpha + \varphi)}{\delta \tang \alpha},$$

et désignant par t' le temps écoulé depuis la conjonction jusqu'à la fin, on trouvera en raisonnant comme plus haut

$$t' = \frac{(p + d + d') \sin (\alpha - \varphi)}{\delta \tang \alpha}.$$

Connaissant t et t', on aura facilement l'heure du commencement et de la fin, ainsi qu'on le verra un peu plus loin dans l'application.

52. *Latitude du lieu qui voit commencer l'éclipse générale.*
Supposons toujours qu'il s'agisse de l'éclipse du 18 juillet 1860.

Prenons pour p la parallaxe équatoriale de la lune diminuée de la parallaxe du soleil, cette valeur est

$$p = 59' \; 48'',8 - 8'',4 = 59' \; 40'',4 = 3580'',4.$$

On a aussi

$$p + d + d' = 59' \; 40'',4 + 15' \; 46'' + 16' \; 18'' = 5504'',4,$$
$$D' - D = 34' \; 10'' = 2050'',$$

et

$$\alpha = 106^\circ \; 25' \; 34'',$$

d'où

$$180 - \alpha = 73^\circ \; 34' \; 26''.$$

Au moyen de la formule du n° 51

$$\sin \varphi = \frac{(D' - D) \sin \alpha}{p + d' + d}$$

on calculera l'angle φ,

$$\varphi = 20^\circ \; 55' \; 48''.$$

On formera ensuite $\alpha + \varphi$, ou mieux

$$180 - \alpha - \varphi = 52^\circ \; 38' \; 38''.$$

Le triangle sphérique PAC (fig. 10), rectangle en C, donne

$$\cos PC = \cos AP \cos AC.$$

Mais PC est le complément de la latitude, AP la déclinaison du soleil, et d'ailleurs

$$AC = 180 - \alpha - \varphi.$$

Donc cette formule peut s'écrire

d'où
$$\cdot \sin \lambda = \cos D \cos (180 - \alpha - \varphi),$$
$$\lambda = 34° 31' 2''. \cdot$$

Ayant une première valeur approchée de λ, on fera, au moyen de la formule du n° 26, la correction sur la parallaxe de la lune. Le coefficient de cette correction relatif à la valeur trouvée pour λ est 0,9989. On aura, d'après cela, pour la parallaxe corrigée

$$59' 48'',8 \times 0,9989 = 3584'',9.$$

Retranchant de ce résultat la parallaxe du soleil, on prendra

$$p = 3576'',5$$

et

$$p + d + d' = 5500'',5.$$

Au moyen de cette valeur, on obtient une nouvelle valeur de φ.

$$\varphi = 20° 56' 46'' \text{ et } 180 - \alpha - \varphi = 52° 37' 40''.$$

On résoudra le triangle PAC avec ces données et on en tirera

$$\lambda = 34° 31' 52''.*$$

---

*) Au lieu de recommencer le calcul du triangle PAC, on peut employer, comme nous avons déjà fait, des formules différentielles.

Nous avons

$$\sin \varphi = \frac{(D' - D) \sin \alpha}{p + d + d'} \text{ et } \sin \lambda = \cos D \cos (180 - \alpha - \varphi),$$

ou encore

$$\log \sin \varphi = \log (D' - D) \sin \alpha - \log (p + d + d')$$

et

$$\log \sin \lambda = \log \cos D + \log \cos [180 - \alpha - \varphi],$$

d'où en différentiant

$$\frac{\cos \varphi \, d\varphi}{\sin \varphi} = - \frac{dp}{p + d + d'}$$

On passera de λ à la latitude L par la formule du n° 25.
Il viendra

$$L = 34° 42'.$$

53. Pour avoir *l'heure du commencement du phénomène*,
on se servira de la formule du n° (51)

$$t = \frac{(p + d + d') \sin (\alpha + \varphi)}{\delta \, \tang \alpha}.$$

On prendra pour p la valeur corrigée que nous venons
d'obtenir, et cette formule donnera

$$t = 2^h \, 14^m \, 21^s.$$

C'est le temps qui doit s'écouler depuis le commencement
jusqu'à la conjonction.

L'heure du commencement sera la différence entre l'heure
de la conjonction et cette valeur de t, savoir :

$$2^h \, 17^m \, 29^s - (2^h \, 14^m \, 21^s) = 3^m \, 8^s.$$

Ainsi l'éclipse générale commence à

$$0^h \, 3^m \, 8^s, \text{ temps moyen de Paris.}$$

---

et

$$\frac{\cos \lambda}{\sin \lambda} \, d\lambda = - \frac{\sin (\alpha + \varphi)}{\cos (\alpha + \varphi)} \, d\varphi.$$

Par conséquent

$$d\lambda = \frac{\tang \lambda \, \tang \varphi \, \tang (\alpha + \varphi)}{p + d + d'} \, dp.$$

Mais

$$dp = 3576'',5 - 3580'',4 = - 3'',9,$$

donc

$$d\lambda = - \frac{\tang \lambda \, \tang \varphi \, \tang (\alpha + \varphi) \, 3'',9}{(p + d + d') \sin 1''}.$$

Effectuant les calculs, on trouve

$$d\lambda = 50''.$$

On a donc pour la latitude corrigée

$$34° 31' 52'',$$

résultat conforme à celui que nous avons trouvé dans le texte.

54. *Longitude du lieu qui voit commencer l'éclipse.*

Le même triangle rectangle APC nous donne

$$\text{tang APC} = \frac{\text{tang AC}}{\sin \text{AP}}.$$

d'où, en employant les valeurs corrigées,

$$\text{APC} = 74° 43' 40''.$$

Le supplément de APC est l'angle que fait le méridien du point C avec le méridien supérieur de la conjonction. Le lieu qui voit commencer l'éclipse est donc à 105° 16' 20'' de ce méridien.

Il est alors à Paris $3^m 8^s$. Retranchant l'équation du temps, on trouve — $2^m 47^s,5$, ou en angle — $41' 52''$. D'où il résulte que Paris est à $41' 52''$ à l'ouest du méridien de la conjonction.

La longitude cherchée est par conséquent

$$105° 16' 20'' — (41' 52'') = 104° 34' 27''.$$

Donc l'éclipse générale commence à $0^h 3^m$ dans le lieu situé à

34° 42' de lat. Nord et 104° 34' de long. à l'Ouest de Paris.

55. *Latitude du lieu qui voit finir l'éclipse.*

Le point G (fig. 10), où l'on aperçoit la fin de l'éclipse générale, se déterminera comme le point C.

On se servira de l'angle

$$\varphi = 20° 55' 48''$$

calculé plus haut, et le triangle PAG (fig. 10) donnera

$$\cos \text{PG} = \cos \text{PA} \cos \text{AG}.$$

PG est le complément de la latitude, et

$$\text{AG} = \alpha — \varphi = 85° 29' 56''.$$

On trouve alors

$$\lambda = 4° 12' 10''.$$

La latitude est trop faible pour qu'il y ait lieu de faire la correction de la parallaxe. On passera immédiatement de λ à L.

$$L = 4^{\text{o}}\ 14'.$$

56. *L'heure de la fin de l'éclipse* se détermine par la valeur de t', du n° 51.

$$t' = \frac{(p + d + d')\ \sin\ (\alpha - \varphi)}{\delta\ \text{tang}\ \alpha}$$

dans laquelle t' exprime le temps écoulé depuis la conjonction. En faisant les substitutions, il vient

$$t' = 2^{\text{h}}\ 48^{\text{m}}\ 38^{\text{s}};$$

l'heure de la fin sera donc

$$2^{\text{h}}\ 17^{\text{m}}\ 29^{\text{s}} + 2^{\text{h}}\ 48^{\text{m}}\ 38^{\text{s}} = 5^{\text{h}}\ 6^{\text{m}}\ 7^{\text{s}}.$$

57. *Longitude du lieu qui voit le dernier contact au coucher.* On calculera l'angle

$$GPA = 88^{\text{o}}\ 23'\ 17'',$$

et son supplément $91^{\text{o}}\ 36'\ 43''$ sera la distance angulaire du point G au méridien supérieur de la conjonction.

Mais puisqu'il est $5^{\text{h}}\ 6^{\text{m}}\ 7^{\text{s}}$ à Paris à la fin de l'éclipse générale, la distance horaire de Paris à ce méridien est cette même heure diminuée de l'équation du temps ou

$$5^{\text{h}}\ 6^{\text{m}}\ 7^{\text{s}} - 5^{\text{m}}\ 55^{\text{s}},5 = 5^{\text{h}}\ 0'\ 11'',5,$$

ce qui fait en degrés $75^{\text{o}}\ 22'\ 52''$.

La différence

$$91^{\text{o}}\ 36'\ 43'' - (75^{\text{o}}\ 2'\ 52'') = 16^{\text{o}}\ 33'\ 41''$$

donne la longitude cherchée.

Ainsi l'éclipse finira au coucher du soleil à $5^{\text{h}}\ 6^{\text{m}}$ pour le lieu dont la latitude est $4^{\text{o}}\ 14'$ Nord et la longitude $16^{\text{o}}\ 33'$ à l'Est de Paris.

58. *Commencement et fin de l'éclipse centrale.* Les points pour lesquels commence ou finit l'éclipse cen-

trale, sont donnés par l'intersection de l'orbite apparente et du cercle de projection. Le point K, situé vers l'ouest, voit l'éclipse centrale au lever du soleil. Le point H, situé à l'est par rapport au méridien de la conjonction, voit l'éclipse centrale au coucher. (Fig. 9.)

58 *bis.* Cherchons *la latitude du point où commence l'éclipse centrale.*

A cet effet on se servira de la valeur de OI, donnée par la formule

$$OI = (D' - D) \sin \alpha$$

et on calculera l'angle auxiliaire φ par la relation

$$\sin \varphi = \frac{(D' - D) \sin \alpha}{p}.$$

On prendra

$$p = {}^{\cdot}59' \ 40'',4,$$

différence des parallaxes de la lune et du soleil; le calcul donnera

$$\varphi = 33° \ 18' \ 41''.$$

On considérera ensuite le triangle sphérique rectangle PAK, dans lequel

$$\cos PK = \cos PA \cos AK.^*$$

PK est le complément de la latitude, PA la déclinaison du soleil et

$$AK = \alpha + \varphi;$$

on aura ainsi une première valeur de λ,

$$\lambda = 45° \ 27'.$$

Au moyen de cette valeur on corrigera la parallaxe. Le coefficient de cette correction étant 0,9983, la parallaxe de la lune sera

$$59' \ 48'',8 \times 0,9983 = 3582'',8;$$

par suite

$$p = 3582'',8 - 8'',4 = 3574'',4.$$

---

*) Il faut se rappeler que la figure 10 est une projection, et se représenter le triangle sphérique dont PA, AK sont les côtés et PK l'hypothénuse.

Avec cette valeur de p on trouvera

$$\varphi = 33^\circ 23' 20'',$$

et

$$180^\circ - \alpha - \varphi = 40^\circ 11' 6''.$$

Résolvant le triangle APK avec ces données ou employant les formules différentielles, il vient   *

et, passant de λ à L,

$$\lambda = 45^\circ 31'$$

$$L = 45^\circ 42'.$$

59. *Heure du commencement de l'éclipse centrale.*.

On raisonnera comme au n° 51; et le temps t, écoulé depuis le commencement de l'éclipse centrale jusqu'à la conjonction, sera donné par la formule

$$t = \frac{p \sin (\alpha + \varphi)}{\delta \, \mathrm{tang}\, \alpha}.$$

Prenant pour p et φ les valeurs corrigées

$$p = 3574'',4 \text{ et } \varphi = 33^\circ 23' 20'',$$

il viendra

$$t = 1^\mathrm{h} 10^\mathrm{m} 24^\mathrm{s}.$$

Retranchant cette valeur de t de l'heure de la conjonction, on trouvera pour le commencement de l'éclipse centrale

$$1^\mathrm{h} 6^\mathrm{m} 38^\mathrm{s}.$$

60. *Longitude du point où commence l'éclipse centrale.*
Le triangle PAK donne

$$\mathrm{tang}\, APK = \frac{\mathrm{tang}\, AK}{\sin AP} = \frac{\mathrm{tang}\, (180 - \alpha - \varphi)}{\sin D},$$

et, par conséquent,

$$APK = 67^\circ 3' 19''.$$

Le point K est donc à une distance du méridien supérieur de la conjonction, égale au supplément de cet angle ou

$$112^\circ 56' 41''.$$

4

Paris, à l'instant considéré, est à une distance horaire du méridien de la conjonction égale à

$$1^h \ 6^m \ 38^s - 5^m \ 55,5^s = 1^h \ 0^m \ 42^s,5.$$

Convertissant en degrés, on voit que Paris est à

$$15^\circ \ 10' \ 37''$$

à l'Est de ce méridien, et, par suite, la longitude du point K sera

$$112^\circ \ 56' \ 41'' + 15^\circ \ 10' \ 37' = 128^\circ \ 7' \ 8''.$$

Ainsi l'éclipse centrale commence à $1^h \ 7^m$ dans le lieu dont la latitude est $45^\circ \ 42'$ Nord et la longitude $128^\circ \ 7'$ à l'Ouest de Paris.

61. On aura la *latitude du lieu pour lequel finit l'éclipse centrale* en résolvant le triangle PAH, dans lequel

$$\cos PH = \cos PA \cos AH.$$

$AH = \alpha - \varphi$. On prendra pour φ la première valeur calculée n° 58 *bis*, savoir

$$\varphi = 33^\circ \ 18' \ 41''$$

et on aura une première valeur approchée de λ,

$$\lambda = 15^\circ \ 44' \ 20''.$$

Au moyen de λ on corrigera la parallaxe; le coefficient de la correction est

$$0,99975,$$

de là une nouvelle valeur de p,

$$p = 3586'',6 - 8'',18'',4 = 3578'',2;$$

il vient ensuite

$$\varphi = 33^\circ \ 20' \ 32'',$$

et

$$\lambda = 15^\circ \ 46'.$$

Passant de λ à L, on a

$$L = 15^\circ \ 52'.$$

62. *Heure de la fin de l'éclipse centrale.*

Le temps t écoulé depuis la conjonction est

$$t = \frac{p \sin(\alpha - \varphi)}{\delta \, \text{tang} \, \alpha}.$$

Adoptant les valeurs corrigées de p et de φ, on a

$$t = 1^h \, 45^m \, 11^s.$$

C'est le temps écoulé depuis la conjonction; l'heure cherchée est donc

$$1^h \, 45^m \, 11^s + 2^h \, 17^m \, 29^s = 4^h \, 2^m \, 40^s.$$

63. *Longitude du point où finit l'éclipse centrale.*

La résolution du triangle APH avec les éléments corrigés donne

$$APH = 83° \, 47' \, 38''$$

et, pour son supplément,

$$96° \, 12' \, 22''.$$

L'heure de Paris à l'instant considéré est $4^h \, 2^m \, 40^s$.

On doit en retrancher l'équation du temps, ce qui donne

$$3^h \, 56^m \, 44^s,5.$$

Ce temps, converti en degrés, fait connaître la distance du point H au méridien de la conjonction.

Cette distance est $59° \, 11' \, 7''$.

Mais Paris est à $96° \, 12' \, 22''$ de ce méridien. La différence de ces deux angles nous donne pour la longitude du point où finit l'éclipse centrale.

$$37° \, 1' \, 14''.$$

Ainsi l'éclipse centrale finit à $4^h \, 3^m$, temps moyen de Paris, dans le lieu dont la latitude est $15° \, 52'$ Nord, et la longitude à l'Est de Paris est $37° \, 1'$.

64. *Éclipse centrale au méridien.*

La figure (1) montre que l'éclipse est centrale au méridien pour le lieu projeté en l.

Soit q ce point. L'angle qOA est donné par la formule

$$\cos q\text{OA} = \frac{O\,l}{O\,q} = \frac{D' - D}{p},$$

et, adoptant pour première valeur de p,

$$p = 3580'',4,$$

on trouve

$$q\text{OA} = 55°\ 6'\ 56''.$$

Mais

$$90 - \lambda = q\,\text{OA} - D = 55°\ 6'\ 56'' - 20°\ 57'\ 1'',$$

d'où l'on tire une première valeur approchée de λ,

$$\lambda = 55°\ 50'\ 5''.$$

Avec cette valeur de λ on corrigera la parallaxe; le coefficient de cette correction est 0,9977, et il viendra

$$p = 3580'',6 - 8'',4 = 3572'',2;$$

de là

$$\lambda = 55°\ 58'\ 17''$$

et

$$L = 56°\ 9'.$$

65. Quant à *l'heure de l'éclipse centrale au méridien*, elle est évidemment

$$2^h\ 17^m\ 29^s.$$

Pour obtenir *la longitude de ce méridien*, on retranchera d'abord l'équation du temps

$$2^h\ 17^m\ 29^s - 5^m\ 55^s,5 = 2^h\ 11^m\ 33^s,5.$$

Convertissant ensuite en degrés, on a pour la longitude cherchée

$$32°\ 53'\ 22''.$$

Ainsi l'éclipse centrale au méridien a lieu à $2^h\ 17^m$ du soir dans le lieu dont la latitude est 56° 9' Nord et la longitude 32° 53' à l'Est du méridien de Paris.

66. Les résultats que nous venons d'indiquer relativement à

l'éclipse générale, sont les seuls dont il soit fait mention dans la *Connaissance des temps.* On trouve dans la plupart des recueils astronomiques étrangers des tableaux au moyen desquels on peut tracer sur un planisphère ou sur une mappemonde *la ligne de centralité, les courbes limites de l'éclipse* ou celles d'où l'on n'aperçoit qu'un simple contact, et aussi la courbe des lieux pour lesquels *l'éclipse commence ou finit au lever du soleil, commence ou finit au coucher.*

67. *Trouver la courbe de centralité.*

On nomme ainsi la ligne comprenant tous les lieux de la terre qui voient l'éclipse centrale.

Il y aura éclipse centrale pour tout point de la terre dont la projection coïncide à un instant donné avec le centre de la lune.

Nous avons vu n°s 59 et 62 que l'éclipse centrale commence sur la terre à 1^h 7^m pour finir à 4^h 3^m, temps de Paris.

Considérons (fig. 11) une position m de la lune répondant à une heure comprise entre ces limites*, le lieu projeté en m verra l'éclipse totale; ce sont les coordonnées géographiques de ce point qu'il s'agit de trouver.

Connaissant l'heure à laquelle la lune arrive en m, on déterminera le temps t écoulé depuis la conjonction (t pouvant d'ailleurs être positif ou négatif), et alors on trouvera les coordonnées x et y de ce point par les formules du n° 27, sans avoir égard aux termes du second ordre. Ces coordonnées étant connues, on aura sans peine l'angle mOA et aussi Om. Mais M étant le point de la terre projeté en m, on a, en désignant l'arc QM par ζ,

$$O m = p \sin \zeta.$$

Ainsi, dans le triangle sphérique QMP, on connaît

$$QM = \zeta, \quad QP = 90 - D \text{ et l'angle } Q = m O A.$$

Avec cela on calculera PM $= 90 - \lambda$.

---

*) Il s'agit ici, bien entendu, de l'heure de Paris.

On fera d'ailleurs les corrections indiquées précédemment sur p et λ, et on trouvera la latitude du point M. On calculera ensuite, dans le même triangle, l'angle MPQ, qui est l'angle horaire du point M avec le méridien de la conjonction. On connaît aussi l'angle horaire de Paris avec ce méridien; il suffit pour cela de convertir en angle l'heure vraie à l'instant considéré. On déduira de là, comme on l'a fait plus haut, la longitude du point M.

68. En opérant de cette façon pour des intervalles de dix en dix minutes, on pourra dresser le tableau suivant:

Ligne de centralité.

Longitude.	Latitude.	Longitude.	Latitude.
128° 7' O.	45° 42' N.	17° 11' O.	50° 2' N.
115° 16'	50° 39'	8° 45' O.	45° 5'
105° 10'	53° 56'	1° 43' O.	40° 3'
94° 22'	56° 39'	4° 18' E.	35° 26'
82° 41'	58° 39'	10° 14'	30° 57'
68° 54'	59° 49'	15° 44'	27° 5'
55° 2'	59° 39'	21° 31'	23° 26'
40° 56'	57° 57'	27° 47'	20° 1'
28° 16' O.	54° 42' N.	37° 1' E.	15° 52' N.

En reportant les points déterminés par ce tableau sur un planisphère, et les joignant par un trait continu, on obtient la courbe de centralité. Cette courbe, dont nous avons trouvé les extrémités n° 60 et 63, part du cap Mezari, traverse le milieu de l'Amérique du Nord, la baie d'Hudson, le Labrador, passe au sud du Groënland, puis, s'infléchissant vers le Sud-Est, traverse dans toute sa largeur l'Océan atlantique, coupe la partie septentrionale de l'Espagne, touche aux îles Baléares, entre dans le nord de l'Afrique et vient se terminer à la mer Rouge.

L'éclipse sera d'ailleurs totale en tous les points de cette ligne, car le diamètre apparent de la lune est constamment supérieur à celui du soleil. Il sera également facile de tracer la zône renfermant les points pour lesquels il peut y avoir éclipse totale. Cette question se résout absolument de la même manière que celle du n° 69.

69. Trouver les limites du simple contact.

Pour trouver différents points de cette limite, supposons qu'à une certaine heure la lune soit projetée en n (fig. 12), menons de ce point nm perpendiculaire à l'orbite, et prenons $nm' = d + d'$; le point de la terre projeté en m quand la lune est en n, ne verra qu'un simple contact et appartiendra à la limite cherchée. Il pourra bien se faire que ce contact soit précédé ou suivi d'une petite éclipse, mais cela est insignifiant dans la pratique. Connaissant l'heure à laquelle la lune est en n, on trouvera t^*, ce qui permettra de calculer les coordonnées du point n et le triangle Onl; avec les éléments de ce triangle on résoudra le triangle Onm, dans lequel on connaît On, nm et l'angle Onm, complément de Onl. De là on déduit Om et l'angle mOn, et, par suite, mOA.

La valeur de mO détermine l'angle MOQ, et dans le triangle sphérique MQP on aura deux côtés et l'angle compris. On déterminera MP, d'où résulte la latitude du point M, puis l'angle QPM, c'est-à-dire l'angle du méridien de M avec celui de la conjonction.

On connaît d'ailleurs l'angle horaire de Paris avec ce méridien, puisqu'on se donne l'heure, et au moyen de ces éléments on trouvera la longitude du point en question.

Si à la distance $d + d'$ on mène de part et d'autre une parallèle à l'orbite, celle qui est menée du côté du Sud, rencontrera seule le cercle de projection; donc, dans l'éclipse du 18 juillet 1860, il n'y a qu'une limite méridionale, la limite septentrionale n'existe pas.

En opérant ainsi de quart d'heure en quart d'heure, on formera le tableau suivant:

---

*) C'est le temps compté à partir de la conjonction.

Limite méridionale du simple contact.

Longitude.	Latitude.	Longitude.	Latitude.
107° 3' 0.	15° 56' N.	33° 8' 0.	20° 8' N.
98° 24'	19° 11'	26° 33'	15° 46'
90° 6'	22° 3'	20° 15'	10° 55'
81° 40'	24° 31'	14° 24'	6° 13'
73° 18'	26° 20'	8° 23'	1° 33' N.
65° 1'	27° 21'	1° 57' 0.	2° 59' S.
56° 52'	27° 24'	5° 1' E.	7° 17'
48° 29'	26° 15'	12° 25'	11° 10'
40° 40' 0.	23° 51' N.	20° 42' E.	14° 38' S.

En reportant ces points sur un planisphère, on verra que la courbe limite commence dans l'océan Pacifique, au sud de la Californie, traverse le Mexique et le golfe de ce nom, longe l'île de Cuba, puis passe au nord du tropique, qu'elle coupe de nouveau pour joindre les îles du cap Vert, touche à la côte de Guinée, et, continuant sa marche vers le Sud-Est, se termine dans la partie méridionale de l'Afrique, non loin du Monomotapa.

Les limites de la zône où il y a éclipse totale se trouveront de la même manière; la seule différence, c'est qu'on prendra, de part et d'autre de l'orbite, $mn = d' - d$, au lieu de le prendre égal à $d' + d$.

D'ailleurs, dans l'un et l'autre cas, on n'obtiendra qu'une valeur approchée des coordonnées de M. Au moyen de cette valeur approchée, on calculera les éléments de correction, et l'on prendra (n° 31)

$$mn = d' \pm d \, (1 - \sin p \cos \beta),$$

ce qui fera connaître exactement les coordonnées du point M.

70. Enfin, on complète ce qui est relatif à la prédiction des éclipses, en dressant un tableau des coordonnées géographiques des points *pour lesquels l'éclipse commence ou finit au lever, et pour lesquels elle commence ou finit au coucher.*

Pour cela il suffit de résoudre le problème suivant.

Sur un parallèle donné, déterminer les lieux qui doivent apercevoir le commencement ou la fin de l'éclipse, soit au lever, soit au coucher.

La question étant un peu plus difficile que les deux précédentes, nous entrerons dans les détails du calcul.

La latitude d'un lieu C (fig. 13) étant connue, et ce lieu étant à l'horizon, on déterminera l'arc AC et l'angle CPA au moyen du triangle sphérique PAC.*

On a, en effet,

$$\cos AC = \frac{\sin \lambda}{\cos D},$$

et pour les coordonnées du point C

$$OG = \mu = p \cos AC. \quad CG = \nu = p \sin AC.$$

Posons

$$lKG = \alpha - 90 = \beta.$$

Du point C comme centre avec un rayon égal à $d + d'$ décrivons un arc de cercle qui rencontre l'orbite de la lune en L et L_1. Le point qui sera en C quand la lune est en L, verra commencer l'éclipse au lever. La question revient à déterminer l'heure à laquelle la lune arrive en L.

Joignons CL et posons

$$CLK = 90 - \gamma.$$

Le triangle CKL donne

$$\frac{\cos \gamma}{\sin \beta} = \frac{CK}{CL} = \frac{\nu - (\mu - D' + D) \cot \beta}{d + d'},$$

en se rappelant que $Ol = D' - D$.

On tire de là

$$\cos \gamma = \frac{\nu \sin \beta + (D' - D - \mu) \cos \beta}{d + d'}.$$

---

*) Il faut se rappeler que la fig. (13) est une projection, et se représenter le triangle sphérique dont les côtés sont PA, AC et PC.

Menant LM perpendiculaire sur CG, nous avons

$$MG = v + (d + d') \cos (\beta + 90 - \gamma) = v + (d + d') \sin (\gamma - \beta)$$

et

$$l L = \frac{MG}{\cos \beta}.$$

Mais le mouvement horaire relatif de la lune a pour expression

$$\frac{\delta}{\cos \alpha},$$

qu'on peut évidemment remplacer par

$$\frac{h \cos D'}{\sin \alpha} = \frac{h \cos D'}{\cos \beta} \text{ (n}^o \text{ 8 et 10}.$$

Divisant lL par le mouvement horaire, nous aurons le temps qui doit s'écouler depuis l'instant où la lune est en I jusqu'à la conjonction; en le désignant par t, il vient

$$t = \frac{v + (d + d') \sin (\gamma - \beta)}{h \cos D'}.$$

Si l'on tient compte du signe de v, c'est-à-dire qu'on le regarde comme négatif en vertu des conventions faites pour les coordonnées, qu'on regarde également t comme négatif, cette formule deviendra, en ayant égard aux signes,

$$t = \frac{v + (d + d') \sin (- \gamma + \beta)}{h \cos D'}$$

avec

$$\cos \gamma = \frac{- v \sin \beta + (D' - D - \mu) \cos \beta}{d + d'}.$$

Connaissant t, on en déduira l'heure à laquelle la lune est en L. Cette heure étant trouvée, on aura l'angle horaire de Paris avec le méridien de la conjonction; on a aussi l'angle CPA, d'où résulte la longitude du point C.

Il y a également sur ce parallèle un point qui verra finir l'éclipse au lever, c'est celui qui sera en C quand la lune arrive en L_1. Mais il faut se garder de croire que ce point est le même que le précédent. Nous allons le déterminer.

La même figure donne

$$M_1 G = \nu - CM_1 = \nu - (d + d') \sin(\gamma + \beta),$$

et

$$l L_1 = \frac{M_1 G}{\cos \beta}.$$

Désignant encore par t le temps compté à partir de la conjonction, il vient

$$t = \frac{\nu - (d + d') \sin(\gamma + \beta)}{h \cos D'},$$

ou, en regardant ν et t comme négatifs,

$$t = \frac{\nu + (d + d') \sin(\gamma + \beta)}{h \cos D'}$$

avec la même valeur de $\cos \gamma$.

71. Pour trouver les points d'un parallèle donné d'où l'on voit commencer ou finir l'éclipse au coucher, on considérera un point C' situé à la partie occidentale de la figure (13) et on obtiendra comme plus haut les points L' et L'_1; le lieu qui est en C' quand la lune est en L' voit commencer l'éclipse au coucher. Pour déterminer la position de ce point, il faut trouver l'heure du passage de la lune au point L'.

Faisons observer d'abord que la latitude du point C' étant connue, on pourra encore déterminer AC' et l'angle $C'PA$, ce qui permettra d'évaluer μ et ν, coordonnées de C'.

En désignant cette fois l'angle $L'_1 L'C'$ par $\gamma - 90$, nous aurons dans le triangle $L'KC'$

$$- \frac{\cos \gamma}{\sin \beta} = \frac{\nu + (\mu - D' + D) \cot \beta}{d + d'}$$

ou

$$\cos \gamma = \frac{- \nu \sin \beta + (D' - D - \mu) \cos \beta}{d + d'}.$$

On a aussi

$$GM' = \nu - C'M' = \nu - (d + d') \sin(\gamma - \beta),$$

et

$$l L' = \frac{GM'}{\cos \beta},$$

par conséquent

$$t = \frac{\nu - (d + d')\ \sin(\gamma - \beta)}{h\ \cos D'}.$$

On trouverait de même, en considérant le point L'_1, que la valeur de t, qui répond à la fin de l'éclipse au coucher, est

$$t = \frac{\nu + (d + d')\ \sin(\gamma + \beta)}{h\ \cos D'}.$$

72. Comparant les valeurs de $\cos \gamma$ et de t, obtenues dans les n°s 70 et 71, nous voyons sans peine que l'on a pour le commencement, soit au lever, soit au coucher,

$$\cos \gamma = \frac{(D' - D - \mu)\ \cos \beta - \nu\ \sin \beta}{d + d'},$$

$$t = \frac{\nu - (d + d')\ \sin(\gamma - \beta)}{h\ \cos D'}.$$

ν est négatif pour l'horizon occidental, positif pour l'horizon oriental. γ sera aigu ou obtus, selon le signe du cosinus; t peut d'ailleurs être positif ou négatif.

On verra de même que pour la fin, soit au lever, soit au coucher, on aura toujours

$$\cos \gamma = \frac{(D' - D - \mu)\ \cos \beta - \nu\ \sin \beta}{d + d'};$$

mais ici

$$t = \frac{\nu + (d + d')\ \sin(\gamma + \beta)}{h\ \cos D'}.$$

De la connaissance de t on passera à la détermination du point situé sur le parallèle donné en suivant la marche déjà tracée en pareille circonstance.

73. *Déterminer les limites des parallèles entre lesquels il est possible d'observer l'éclipse à l'horizon.*

Pour obtenir ces limites, il suffit d'égaler à ± 1 la valeur de $\cos \gamma$, donnée au numéro (72); on posera donc

$$- \nu\ \sin \beta + (D' - D - \mu)\ \cos \beta = \pm (d + d'),$$

d'où

$$\mu \cos \beta + \nu \sin \beta = (D' - D) \cos \beta \pm (d + d').$$

μ et ν étant les coordonnées d'un point du cercle de projection, on a

$$\mu = p \cos \omega, \quad \nu = p \sin \omega.$$

Il viendra donc

$$p \cos (\omega - \beta) = (D' - D) \cos \beta \pm (d + d').$$

De cette équation on tire en général quatre valeurs pour l'angle ω. Mais comme dans ce cas il n'y a pas de limite septentrionale, il n'y en aura que deux admissibles. ω étant connu, on aura la latitude par la formule

$$\sin \lambda = \cos D \cos \omega.$$

On trouvera ainsi

$$L = 14° 46' \text{ S. et } L = 16° 1' \text{ N.}$$

La première valeur de L répond au point de la courbe limite, d'où l'on voit un simple contact au coucher; la seconde à celui d'où l'on voit un simple contact au lever.

74. Tâchons actuellement de nous rendre compte de la marche de la courbe assemblant tous les points qui voient commencer ou finir l'éclipse au lever, commencer ou finir l'éclipse au coucher.

Supposons d'abord la lune en L (fig. 14*) à l'instant où commence l'éclipse générale; C est le premier point impressionné. La lune vient ensuite prendre la position L_1 et les deux points C_1 et C'_1, distants de L_1 de $d + d'$, verront encore commencer l'éclipse au lever. Considérons actuellement la position L_2, dans laquelle $C'_2 L_2$, égal à $d + d'$, est perpendiculaire à l'orbite apparente; ce point C'_2 sera un point de la limite méridionale déjà trouvée, et de ce point C'_2 on verra un simple contact qui sera indifféremment un commencement ou une fin d'éclipse au lever. A cette même position L_2 répond aussi un point C_2,

---

*) Cette figure est une projection.

pour lequel l'éclipse commence au lever, car ce point est encore occidental.

A la position L_3 de la lune répondent les points F_3 et C_3; du premier, qui est occidental, on verra finir l'éclipse au lever; du second, qui est oriental, on la verra commencer au coucher. Entre C_2 et C_3 se trouve le point A, qui dans le mouvement diurne ne fait que toucher la ligne de démarcation, et pour lequel il y a indifféremment commencement au lever ou commencement au coucher.

A la position L_4 répondent les points F_4 et C_4. Ces points sont orientaux tous les deux; pour le premier il y a fin de l'éclipse au coucher, pour le second commencement de l'éclipse au coucher.

La série des points F comme celle des points C traversera le point A, qu'il ne faut pas confondre avec le précédent, et pour lequel il y a actuellement fin au lever ou fin au coucher.

Arrivons maintenant à la position L_5, dans laquelle $C_5 L_5$ égal à $d + d'$ est perpendiculaire à l'orbite; à L_5 répondent les points C_5 et F_5; le point F_5 est un point de fin au coucher, le second C_5, qui appartient à la courbe limite, est indifféremment un point de commencement au coucher ou un point de fin au coucher.

A la position L_6 répondent les points F_6 et F'_6, pour lesquels l'éclipse finit au coucher, et, enfin, quand la lune arrive en L_7, la dernière impression a lieu en F_7; ce point ferme la courbe que nous avons suivie dans toute sa marche.

75. Si l'on essaie de reporter tous ces points sur un globe ou un planisphère, on obtient une courbe ayant la forme d'un 8 de chiffre, et qui, par conséquent, présente un nœud.

Ce nœud appartient à la fois à la courbe de commencement et à la courbe de fin de l'éclipse, de telle sorte qu'on apercevra de ce point le commencement et la fin de l'éclipse à l'horizon. Le 18 juillet le pôle boréal est éclairé; le nœud, qui est très-voisin du pôle, aura des jours très-longs, et l'éclipse devant commencer et finir quand le soleil est à l'horizon, il y aura nécessairement commencement au coucher et fin au lever. Ce serait l'inverse qui aurait lieu si le pôle boréal était dans l'ombre à l'époque considérée, alors il y aurait pour ce nœud un jour très-court. L'éclipse commencerait au lever pour finir au coucher, et sa durée se prolongerait pendant toute la journée.

Si les deux droites parallèles à l'orbite apparente, menées à la distance $d + d'$, rencontraient le cercle de projection, au lieu d'une seule courbe à nœud, il y aurait deux courbes distinctes, qui deviendraient tangentes entre elles si l'une des parallèles ne faisait que toucher le cercle de projection.

76. Nous ne donnerons pas ici le tableau complet au moyen duquel on pourrait tracer en entier la courbe que nous venons d'étudier; nous nous contenterons d'indiquer la partie qui se rapporte aux points pour lesquels l'éclipse *commence au coucher* ou *finit au lever*. La ligne que ces points déterminent est le prolongement de la limite sud de l'éclipse, avec laquelle elle se raccorde.

Il est encore facile de la suivre sur un planisphère après avoir dressé le tableau suivant:

Commencement de l'éclipse au coucher.

Longitude.	Latitude.	Longitude.	Latitude.
21° 21' E.	14° 46' S.	69° 40' E.	39° 55' N.
25° 27'	13° 6'	83° 6'	51° 43'
31° 58'	8° 48'	100° 52'	60° 14'
39° 19'	0° 44' S.	118° 18'	65° 25'
47° 45'	10° 47' N.	139° 50'	68° 23'
57° 30' E.	24° 51'	149° 51' E.	69° 0' N.

Fin de l'éclipse au lever.

Longitude.	Latitude.
179° 25′ E.	65° 9′ N.
152° 31′ O.	53° 42′
137° 70′ .	40° 55′
126° 32′	29° 53′
118° 29′	21° 57′
112° 19′ .	17° 31′
107° 41′ O.	16° 1′ N.

Il résulte de ces deux tableaux que la courbe, appelée ligne de commencement au coucher et de fin au lever, commence au sud de l'Afrique, où elle se raccorde avec la courbe limite au point qui voit un simple contact au coucher, puis, allant vers l'Est, elle longe la côte orientale de l'Afrique et celle de l'Arabie, traverse la Perse, la Tartarie indépendante et la Tartarie russe, arrive jusqu'à l'océan Glacial et, se dirigeant .vers le Sud, traverse le détroit de Behring, la partie nord-ouest de l'Amérique, entre dans l'océan Pacifique en longeant à une certaine distance la côte occidentale de l'Amérique du Nord, et vient enfin se raccorder avec la courbe limite du n° 69, au point d'où l'on voit un simple contact au lever. Ce point, comme nous l'avons dit plus haut, est situé au sud de la Californie.

77. On trouve également sur les cartes d'éclipse une courbe intitulée : *milieu de l'éclipse au lever et au coucher.* Il serait plus exact de dire : *plus grande phase au lever et au coucher,* car la courbe ainsi représentée est le lieu des points d'où l'on aperçoit la plus grande phase, soit au lever, soit au coucher du soleil.

Il n'est pas difficile d'obtenir ces points.

Ainsi on partira, par exemple, d'un point D situé à l'horizon occidental dont la latitude est donnée, ce qui permettra de déterminer l'arc AD (fig. 15). Abaissons du point D une perpendiculaire DL sur l'orbite. Le point qui est en D quand la lune est en L, verra sensiblement la plus grande phase au lever. Pour trouver sa position géographique, il suffit de déterminer l'époque à laquelle la lune arrive en L, et pour cela il suffit de trouver lL.

Or, l'angle DOA est connu; on connaît aussi OD et Ol; on peut donc, dans le triangle ODl, calculer Dl et l'angle OlD, d'où l'on tirera DlL. Connaissant Dl et l'angle DlL, on calculera lL. On aura alors sans peine le temps désigné par t, puis l'heure à laquelle la lune arrive en L; le reste du problème s'achève comme plus haut.

On obtiendra de la même façon les coordonnées d'un lieu qui voit une plus grande phase au coucher.

78. La ligne dont nous parlons ici, vient aboutir aux points où la ligne de simple contact se raccorde avec la courbe en 8 de chiffre mentionnée plus haut.

En effet, le premier de ces points de raccordement est celui où il y a un simple contact au lever, et ce contact est une plus grande phase au lever.

Le second est celui d'où l'on aperçoit un simple contact au coucher; ce contact constitue évidemment une plus grande phase au coucher.

Cette ligne de plus grande phase au lever et au coucher, dont nous venons de trouver les deux extrémités, arrive près du nœud de la courbe en 8 sans néanmoins y passer exactement. C'est aussi sur cette ligne que la courbe de centralité a ses deux points d'arrêt.

NOTE.

—

Trouver au moyen des tables de la lune et du soleil l'heure de la conjonction en ascension droite des deux astres pour le 18 juillet 1860.

Les *tables de la Connaissance des temps* ne donnent les positions de la lune que de 12 heures en 12 heures, et pour avoir des résultats suffisamment exacts, il faut dans l'interpolation aller jusqu'aux différences cinquièmes*. En se servant, comme nous allons le faire, des éphémérides du *Nautical almanac*, qui donnent les positions de la lune d'heure en heure; il suffit d'aller jusqu'aux différences secondes.

Nous partirons des indications du *Nautical*, et pour trouver l'ascension droite de la lune pour une heure quelconque, nous formerons d'abord le tableau suivant.

Jour.	Heures.	Æ C	Δ	Δ²
18 juillet.	0	$7^h46^m59^s,38$	$2^m30^s,35$	$— 0^s,24$
	1	$7^h49^m29^s,73$	$2^m30^s,11$	
	2	$7^h51^m59^s,84$		

Cela posé, la formule d'interpolation de Newton nous donne

$$u = u_0 + z\left(\Delta u_0 - \frac{\Delta^2 u_0}{2}\right) + \frac{z^2 \Delta^2 u_0}{2}.$$

$$u_0 = 7^h\ 46^m\ 59^s,38$$
$$\Delta u_0 = 2^m\ 30^s,35$$
$$\Delta^2 u_0 = — 0^s,24,$$

et z représente, en heures, le temps à partir du 18 juillet à midi. Il vient alors

$$Æ C = 7^h\ 46^m\ 59^s,38 + (2^m\ 30^s,47)\ z — 0^s,12\ z^2.$$

Cherchons actuellement l'ascension droite du soleil pour ce même temps z.

---

*) A partir de 1863, la *Connaissance des temps* fera connaître ces positions d'heure en heure.

A cet effet, on formera un tableau analogue au précédent.

Jours.	Ⓡ☉	Δ	Δ²
18 juillet.	$7^h51^m58^s,68$	$4^m0^s,81$	$— 0^s,55$
19	$7^h55^m59^s,49$	$4^m0^s,26$	
20	$7^h59^m59^s,75$		

On a dès lors, comme il est facile de le trouver

$$Ⓡ☉ = 7^h\ 51^m\ 58^s,68 + 10^s,05\ z.$$

Pour avoir l'heure de la conjonction, on égalera les deux ascensions droites, ce qui conduit à l'équation

$$0,12\ z^2 — 140,42\ z + 299,30 = 0$$

On en tire

$$z = 2^h,13534 = 2^h\ 8^m\ 7^s,2,$$

et l'on a pour l'ascension droite commune

$$7^h\ 52^m\ 20^s,14.$$

Puisque nous nous sommes servi dans nos calculs du *Nautical almanac*, l'heure de la conjonction est donnée en temps de Greenwich.

Pour l'avoir en temps de Paris, il faut à l'heure trouvée ajouter $0^h\ 9^m\ 20^s,63$, différence de longitude des deux lieux, et l'on obtient ainsi pour l'heure de la conjonction en temps de Paris

$$2^h\ 17^m\ 27^s,85.$$

La *Connaissance des temps* donne

$$2^h\ 17^m\ 29^s;$$

c'est le nombre que nous avons employé dans la première partie et dans le calcul de l'éclipse générale.

Mouvement horaire de la lune en ascension droite.

Si nous prenons la dérivée par rapport à z de l'expression qui donne l'ascension droite de la lune, nous trouvons

$$2^m\ 30^s,47 — 0^s,24\ z$$

et faisant
$$z = 2^h,13534,$$

il vient pour la vitesse ou le mouvement horaire en ascension droite à la conjonction

$$2^m\ 29^s,96 \text{ ou en angle } 37'\ 29'',4.$$

Angle horaire de la lune avec le méridien de la conjonction pour un temps t compté à partir de cette époque.

La formule qui donne la vitesse en ascension droite est

$$2^m\ 30^s,47 - 0,24\ z;$$

faisons

$$z = 2^h,13534 + t,$$

t étant le temps compté à partir de la conjonction, il vient pour cette vitesse, en passant aux angles,

$$37'\ 29'',4 - 3,6\ t.$$

Connaissant la vitesse, l'angle horaire au bout du temps *t* sera donné par la formule

$$37'\ 29'',4\ t - 1,8\ t^2.$$

Angle horaire du soleil avec le méridien de la conjonction pour le temps t.

Le mouvement horaire du soleil, comme nous l'avons vu, est

$$10^s,05 \text{ ou en angle } 2'\ 30'',8.$$

Donc l'angle horaire au bout du temps *t* sera

$$2'\ 30'',8\ t.$$

Mouvement horaire relatif en ascension droite.

Ce mouvement est la différence des vitesses de la lune et du soleil à l'instant de la conjonction, c'est-à-dire

$$37'\ 29'',4 - 2'\ 30'',8 = 34'\ 58'',6.$$

Si l'on suppose le mouvement relatif uniforme, la différence d'ascension droite de la lune et du soleil sera au bout du temps *t*

$$34'\ 58'',6\ t.$$

Mais si l'on veut, comme nous l'avons fait, tenir compte des termes du second ordre, la différence d'ascension droite sera

$$34' \, 58'',6 \, t - 1'',8 \, t^2.$$

Telle est la formule dont nous nous sommes servi dans nos calculs.

Trouver la déclinaison de la lune au moment de la conjonction.

Les éphémérides du *Nautical* donnent

Jour.	Heures.	$D^{on}C$	Δ	Δ^2
18 juillet.	0	$21^\circ \, 52' \, 17'',6$	$- 9' \, 47'',8$	$- 8'',9$
	1	$21^\circ \, 42' \, 29'',8$	$- 9' \, 56'',7$	
	2	$21^\circ \, 32' \, 33'',1$		

z désignant l'heure de la conjonction à partir de midi, on a, par la formule de Newton,

$$D^{on}C = 21^\circ \, 52' \, 17'',6 - (9' \, 43'',3) \, z - 4'',5 \, z^2,$$

et, faisant

$$z = 2^h,13534,$$

on trouvera pour la déclinaison au moment de la conjonction

$$21^\circ \, 31' \, 11'',6.$$

Mouvement de la lune en déclinaison.

Pour avoir la vitesse de ce mouvement, on prendra la dérivée de l'expression qui donne la déclinaison.

Cette dérivée est

$$- 9' \, 43'',3 - 8'',9 \, z.$$

Donnons à z la valeur relative à la conjonction, et nous aurons la vitesse du mouvement en déclinaison pour cet instant.

On trouve ainsi pour le mouvement horaire de la lune en déclinaison

$$10' \, 2'',3.$$

Si t désigne le temps écoulé à partir de la conjonction, le changement de déclinaison au bout du temps t sera, en supposant le mouvement uniforme,

$$(10' \, 2'',3) \, t.$$

Mais en tenant compte des termes du second ordre, ce mouvement sera exprimé par

$$- (10'\ 2'',3)\ t - 4'',5\ t^2.$$

Mouvement du soleil en déclinaison.

Formons encore le tableau suivant :

Jours.	$D^{on} \odot$	Δ	Δ^2
18 juillet.	$20°\ 57'\ 57'',7$	$-\ 10'\ 53'',1$	$-\ 21'',0$
19	$20°\ 47'\ 4'',6$	$-\ 11'\ 14'',1$	
20	$20°\ 35'\ 50'',5$		

On aura dès lors la formule

$$D^{on} \odot = 20°\ 57'\ 57'',7 - 26'',8\ z,$$

et faisant z égal à l'heure de la conjonction, on trouve pour la déclinaison du soleil à cet instant

$$20°\ 57'\ 0'',5.$$

La vitesse du mouvement en déclinaison est évidemment $26'',8$.

Mouvement horaire relatif en déclinaison.

Il est la différence des mouvements de la lune et du soleil, savoir :

$$10'\ 2'',3 - 26'',8 = 9'\ 35'',5.$$

Supposant le mouvement relatif uniforme, la déclinaison au bout du temps t aura diminué de

$$(9'\ 35'',5)\ t,$$

et si l'on a égard au terme en t^2, cette variation sera donnée par la formule

$$- (9'\ 35'',5)\ t - 4'',5\ t^2,$$

c'est aussi l'expression qui nous a servi dans nos calculs.

FIN.

TABLE DES MATIÈRES.

OBSERVATIONS ET CORRECTIONS A FAIRE.

PAGE 6. N° 11. La longitude dans l'énoncé du n° 11 ne doit intervenir que pour calculer la variation de l'équation du temps ou pour faire connaître plus exactement l'heure vraie. Comme on ne tient pas compte ici de cette variation, il est inutile de parler de la longitude. L'heure en un certain lieu et la latitude suffisent pour déterminer la projection de ce lieu.

PAGE 16. Note. L'angle désigné par p (fig. 7) ne doit pas avoir son sommet à la rencontre de la tangente au point M avec EE', mais à la rencontre de cette tangente avec une circonférence décrite du point O comme centre avec le rayon R, distance de l'astre à la terre. Le triangle qui donne $\sin p = \dfrac{r}{R}$ sera le triangle qui aura pour sommets les points M, O, et le sommet de l'angle p, obtenu comme nous venons de le dire.

PAGE 41. *Éclipse générale.* — Nous avons négligé dans nos calculs les variations de l'équation du temps, de la parallaxe et du diamètre apparent de la lune pendant la durée de l'éclipse générale. Il n'y a pas en effet à en tenir compte, si l'on se borne au degré d'approximation adopté dans la *Connaissance des temps.*

Strasbourg, imprimerie de V° Berger-Levrault